아직 살아 있습니다

나푸름
소설

아직 살아 있습니다

다산
책방

차례

•

아직 살아 있습니다

아직 살아 있습니다(발표 제목: 닮은 얼굴)
『현대문학』 2017년 7월호

박 대리는 실없는 소리를 잘해서 다들 장난스럽게 면박을 주곤 했는데, 그래도 그에게 악감정이 있는 사람은 없었다. 하지만 지금의 그가 하는 모든 말과 행동은 전과 다르게 받아들여졌고 사람들은 아주 쉽게 박 대리를 오해했다. 이렇게 된 데에는 그에게 책임이 있었다. 분명, 변한 것은 우리이고 여전한 사람은 박 대리뿐이지만 우리는 모두 그가 단단히 잘못하고 있다고 여겼다. 애초에 장례까지 치른 사람이 어쩌자고 직장에 다니고 있는 것인지 정말 모를 일이라고, 우리는 입을 모아 수군거렸다.

　회사의 정기적인 시스템 점검으로 조기 퇴근을 했던 금요일 오후에 박 대리가 죽었다. 어떤 식의 죽음이었는지는 알지 못했으나 그의 죽음만큼은 확실한 것이었다. 우리 팀은 토요일에 다 같이 조문을 하러 갔다. 우리는 그의 죽음을 실감하지 못한 채로 장례식장과 가까운 역에서 만났고, 우리의 만남이 회사 내규와 관련해 문제 될 일인지에 대해 깊게 생각하지 못한 채 서로를 마주했다. 그것이 실제 우리가 만나는 첫 번째 자리라는 것은 다들 알고 있었지만 누구 하나 거기에 대해 언급하지 않았다. 모두들 머릿속으로 그 갑작스러운 죽음의 원인을 추측하느라 바빠 보였고, 나는 입을 다무는 것으로 박 대리의 죽음에 애도를 표했다.

그의 영정 사진은 아무리 봐도 내가 알고 있던 박 대리의 얼굴과는 달랐다. 실제 얼굴을 처음 봤다는 건 둘째 치고 느낌도 풍기는 분위기도 생소했다. 알고 있는 사람이라는 생각보다는 그저 얼굴이 닮은 사람인 것만 같아, 사진 속 남자가 박 대리라는 것을 몇 번이나 곱씹어야 했다. 그러다 곧 처음 본 그의 실제 얼굴이 그대로 마지막이 될 거라는 사실을 깨닫고 울적한 마음으로 장례식장을 빠져나왔다.

경력직으로 입사한 박 대리는 나와 햇수로 3년째 같이 일하던 사람이었다. 그간 여러 일을 함께 해왔지만 생각해보니 그에 대해 아는 게 별로 없었다. 나는 남은 주말 동안 때때로 죽은 그에 대해 생각했고 어떤 때는 완전히 잊고 있기도 했다. 동년배의 부고를 들은 건 처음 있는 일이었고 그는 나에게 충분히 익숙한 사람이었는데도, 마치 낯선 이의 장례식장에 다녀온 사람처럼 그의 죽음과 언젠가 나에게도 닥칠 죽음을 완전히 분리하여 생각했다. 그래도 월요일 아침에 잠자리에서 일어나 습관적으로 탁상시계를 바라보았을 때는 아, 이제 박 대리는 영원히 일어나지 못하는구나, 하고 그의 죽음에 대해 떠올릴 수밖에 없었다. 그런데 출근을 하고 보니 익히 알고 있는 얼굴을 한 박 대리가 여전히 내 맞은편 자리에 앉아 나에게 인사를 하는 것이었다.

팀장은 박 대리를 제외한 우리 팀을(나와 막내와 계약직인 은정 씨) 조용히 회의실로 불러 내부적인 시스템 오류 때문이라고 했다. 박 대리가 금요일에 퇴근을 하며 계정에 로그아웃을 하지 않은 게 문제가 됐다는 것이다. 내 뒤에 서 있던 은정 씨가 말했다.

"그러면 저기 있는 박 대리님은 박 대리님이 아니라는 말인가요?"

그녀의 질문에 팀장은 조금 성가시다는 듯이 말했다.

"그런 게 뭐가 중요하겠어."

고개를 돌려 모니터를 들여다보고 있는 박 대리를 봤다. 분명 그의 모습은 내가 알고 있는 박 대리였다. 영정 속 낯선 얼굴을 한 그보다는 익숙한 모습이었다. 그렇지만 저건 시스템 오류로 남겨진 박 대리의 찌꺼기 정도이지, 절대 박 대리 자신일 수는 없었다. 물론 지금의 박 대리가 내가 알고 있는 그의 전부일지는 몰라도 사람이란 그 모든 것을 제외하고서라도 남는 게 있어야 했다. 예를 들면 영혼 같은.

사측에서는 이번 일을 조금 있으면 자연스럽게 없어질 사소한 오류 정도로 치부하는 듯했다.

"그러니까 박 대리가 죽었다는 건 당분간 우리끼리만 알고 있자고."

팀장은 회의실을 나가기 전까지 입단속을 강조했는데, 그렇다고 우리가 비밀을 지켜줄 거라고 기대하는 것 같지는 않았다. 그는 단순히 지금의 상황이 귀찮은 사람처럼 보였다.

박 대리의 죽음을 알고 있는 사람이 그렇게 적을까 싶었지만 회사가 이렇게 조용한 걸 보니 정말로 그의 부고를 받은 사람이 우리 팀뿐인 것 같았다.

"일은 회사가 벌이고 치우는 건 꼭 우리 차지죠."

막내가 유리벽 너머로 보이는 박 대리를 바라보며 말했다. 죽은 사람에게 너무한다 싶을지도 모르나 틀린 말은 아니었다. 겉모습은 같을지 몰라도 저 바깥의 박 대리는 진짜 그가 아니었다.

"박 대리님이 불쌍해요."

은정 씨는 그렇게 말하며 조금 울었다. 유리벽 너머로 다른 부서 사람들의 시선이 느껴졌다. 눈물 없이 우는 얼굴이란 재채기를 참는 얼굴과도 비슷했다. 그녀는 눈을 감고 두 손을 모아 기도하는 자세를 취했다. 장례식에서도 본 적 있는 장면이었다. 옆에 있던 막내가 도대체 애도를 몇 번이나 하는 거냐며 작은 목소리로 불평했다. 보통 일이 잘 풀리지 않을 때 이루어지는 은정 씨의 기도는 종교가 없는 나에게는 무척 생소했는데, 막내의 말에 따르면 종교인치고도 유난한 구석이 있다고 했다.

이미 죽은 사람과 함께 농담을 하고 회의를 하는 건 퍽 기괴한 일이었으나 우리 팀은 그날 하루를 어찌어찌 견뎌 냈다. 월요일은 그렇지 않아도 모두에게 고단한 날이었고 주말 동안 떨어져 있던 실리콘 덩어리의 몸은 새삼스레 삭막하게 느껴졌다. 그에 비해 박 대리는 죽은 사람답지 않게 활기찼고 심지어 오후 2시쯤에는 잠깐 졸기까지 했다. 그는 우리 팀의 누구보다도 아무렇지 않아 보였다. 나는 평소의 그라면 저렇게까지 뻔뻔하지는 않을 거라고 여겼는데 주변 동료들에게 동의를 구하는 것도, 본인에게 묻는 것도 어색한 일이라 어쩌면 내가 그동안 사람을 잘못 본 걸지도 모른다고 생각했다. 나는 때때로 그가 있는 방향을 우연처럼 돌아보며 그가 죽었다는 사실을 의식적으로 신경 쓰기도 하고, 신경 쓰지 않으려 하기도 했다. 그러다 보니 그가 프로그램 오류가 아니라 피가 흐르는 사람처럼 보이기도 했다. 어쩌면 그의 영혼 같은 게 아직 죽음을 깨닫지 못하고 회사를 배회하는지도 모른다.

하지만 그런 상상도 오래가지는 못했다. 오후 6시가 지나자 직원들의 반 이상이 의자에 몸을 기댄 자세로 로그아웃을 했다. 나는 건너편 자리에 앉은 박 대리가 보고서를 인쇄하고 있는 모습을 바라보다 배가 고파졌다. 그러다 그는 배도 고프지 않은 걸까, 하는 생각이 들었고 자신의 죽음을 알고는 있는지 궁금해졌다. 나는 며칠 전 그의 장례식장에서 먹었던 육개장을 떠올리며 그 무난한 맛이 장례식과 연관되기에는 무리가 있을 만큼 평범했다고 느꼈다.

새로 고침을 누르며 몇 번씩 회사 메일을 확인했다. 받아야 할 서류들이 아직 남아 있었다. 시간을 보니 더 기다려봤자 소용이 없을 것 같았다. 버티고 있어야 할 이유가 사라지자 다른 직원들과 마찬가지로 의자에 몸을 기댄 채 계정에서 로그아웃했다. 점멸하는 시야 사이로 박 대리의 모습이 보였다. 그는 인사를 하듯 내 쪽으로 입을 벌렸다. 그의 말을 듣지 못한 채로 시스템이 종료됐다.

어쩌면 그냥 하품을 한 걸지도 모르지.

박 대리가 했을 말이 궁금하지는 않았다. 중요한 말이었으리라고는 생각되지 않았고 그쪽에서 중요한 일이라고 해도 내일이 되면 아무 소용이 없을 것이었다. 내일이면 박 대리가 죽었다는 사실이 회사에 알려지리라. 보통의 죽은 사람들과 마찬가지로 우리는 어디에서도 박 대리의 모습을 보지 못할 것이다. 박 대리가 프로그래밍되어 있던 실리콘 더미는 아무것도 아닌 상태로 그의 자리에 엎드려 있을지도 모르지만 청소 용역들이 제시간에 일만 한다면 그 더미마저 내일이 오기 전에 어딘가로 치워질 것이다. 출근한 직원들은 그제야 박 대리가 죽었다는 소식을 듣고 오늘의 그가 어땠는지 뒤늦게 더듬어보리라. 하지만 오늘 본 박 대리가, 실은 그의 진짜 마지막 모습이 아니라는 건 조금 늦게 깨닫게 될지도 모르겠다.

다음 날 평소보다 조금 일찍 출근해보니 예상은 보기 좋게 빗나갔다. 박 대리는 여전히 로그아웃되지 않은 채 제자리에 앉아 있었다. 나는 그제야 팀장이 왜 '당분간'이라는 단어를 썼는지 알았다. 회사에서 너무 하찮은 일로 치부하여 아무런 조치를 하지 않은 것 같았다. 우리에게 중요한 일이 회사 차원에서는 사소한 불편으로 취급되는 경우가 종종 있었기 때문에 크게 놀랍지는 않았지만 불쾌한 마음이 들었다. 이건 죽은 박 대리에게도 직원들에게도 불합리한 일이었다. 출근한 막내가 내 곁으로 와 속삭였다.

"이제 좀 무서워지려고 해요."

정말로 긴장한 얼굴을 기대했는데 막내는 아무렇지도

않은 표정을 하고 있었다. 박 대리의 자리로 시선을 옮기다 그 옆에 앉아 있는 은정 씨를 보았다. 그를 위해 기도를 하던 사람 치고는 무서워하지도, 슬퍼하지도 않는 얼굴이었다. 은정 씨의 더미는 수년 전에 출시된 보급형 모델이었고 얼굴 근육이 극도로 적어서 웃는 표정 하나 제대로 지을 수 있기까지 꽤 오랜 시간 길을 들여야 했다.

"저것 좀 보세요, 박 대리님을 흉내 내고 있잖아요."

막내의 말에 박 대리 쪽으로 시선을 돌렸다. 그는 책상 앞에 얌전히 앉아 있었다. 순간 막내의 말이 은정 씨가 박 대리를 흉내 낸다는 소리로 들렸다. 그러자 곧 누가 무엇을 따라 한다는 것인지 알 수 없어졌다.

반나절도 되지 않아 박 대리의 죽음은 우리 층 전체로 퍼졌다. 믿지 못하는 사람도 많았고 그의 표정과 행동을 찬찬히 뜯어보며 평소와 다른 부분들을 짚어내는 사람도 있었다. 그들은 관찰 끝에 그의 얼굴이 실제 사람의 것보다 평면적이고 전체적인 인상이 전보다 흐릿해졌다고 지적했다. 그러나 몇몇은 그런 특징들이 아무것도 입증해내지 못한다고 여겼다. 따지고 보면 그뿐이겠는가. 손끝에는 지문이 없을 테고 셔츠 안쪽에는 솜털 하나 없을 것이다. 하지만 그것은 우리 모두의 특징이지 박 대리만의 특징은 아니었다. 우리의 본체는 회사가 아니라 집이나 집과 비슷한 곳에 있었다. 회사 내에서의 우리는 인간의 모습과 유사하게 제작된 더미 안에서 프로그램으로 존재할 뿐이었다. 나는 박 대리의 죽음이 우리에게조차 알려지지 않았다면 어떻게 됐을지 상상했다. 우리는 박 대리가 전과 다르다는 걸 알아챌 수 있었을까.

주변의 소란에도 불구하고 박 대리는 여느 때처럼 기획안을 검토하고 회의에 참석했다. 그는 전과 같은 느낌으로 대화에 참여했고 오히려 평소보다 번뜩이는 의견을 제시하기도 했다. 나는 마음속으로 끊임없이 이전의 박 대리와 지금의 박 대리를 비교했는데 그 둘은 이제 우열을 가리기 힘들 정도로 비슷한 느낌을 주었다. 그는 여전히 묘한 타이밍에 농담했고 우리는 결국 심각한 분위기를 잃고 웃음을 터트렸다. 그 실없는 소리는 분명 이전과는 다른 온도로 마음에 달라붙었지만 나는 애써 그 부분을 모른 척했다. 우리는 죽은 사람을 애도하는 분위기에서 빠른 속도로 벗어났다. 박 대리는 우리의 웃음소리에 크게 안심한 듯 웃어 보였다. 나는 박 대리의 웃음이 순간 그가 더미라는 것을 잊게 할 정도로 인간적으로 느껴져 조금 이상한 기분이었다.

*

   IT 지원 부서에서는 박 대리의 계정 삭제와 관련된 일이 아직 자신들의 소관이 아니라고 했다. 로그아웃이 완료된 시점에서야 계정 삭제가 가능하다는 것이다. 나는 며칠 전부터 그의 계정에 로그아웃이 된 기록이 없다는 걸 알게 되었다. 그가 죽은 이후에도 그의 더미는 낮이고 밤이고 회사를 배회하고 있었던 것이다.

   "이미 죽은 사람을 어떻게 로그아웃시키란 말이에요."

   "애초에 사용자가 의식이 없는 상태에서는 몇 분 후에 자동으로 로그아웃이 되는 게 정상이에요. 원래대로라면 더미가 이미 작동을 멈췄어야 했다고요. 그렇지 않은 걸 보면 박 대리님, 어디에 살아 계시는 거 아니에요?"

   그는 농담을 하는 것이 분명했다. 나는 내가 며칠 전 그의 장례식에 다녀왔으며 그의 죽음은 내가 살아 있는 것만큼 확실한 일이라고 말했다.

   "시신도 봤어요?"

   "이 사람이 지금 무슨 말을 하는 거야!"

   "못 봤으면 아닐 수도 있는 거 아니에요? 혹시 박 대리님한테 뭐 잘못한 거 없어요?"

   신경질적으로 전화를 끊은 후에야 통화했던 남자의 이

름을 듣지 못했다는 것을 깨달았다. 어처구니없는 농담의 기운이 회사 전체로 퍼져나가고 있었다. 당장이라도 밑으로 내려가 남자의 무례함을 따지고 싶었다. 그렇지만 중요한 것은 그게 아니었다. 회사에 혼자 남아 있는 박 대리의 모습을 상상했다. 도대체 여기에 뭐가 있다고 그가 아직까지 남아 있는 건지 알 수 없었다. 박 대리가 그렇게 애사심이 넘치는 사람이었던가?

팀장에게 생각보다 사안이 심각하다는 것을 알렸다. 그는 예상과 달리 고민하는 것처럼 보였다.

"김 대리, 내가 오늘 느낀 게 있어."

나는 그제야 상황이 전과는 다르게 돌아가고 있다는 것을 알아챘다.

"오늘 회의에서 박 대리 하는 거 봤지, 죽었을지는 몰라도 머리는 팽팽 잘 돌아가던데 말이야."

하지만 그건 엄밀히 말해서 박 대리가 아니었다. 팀장은 그것이 박 대리이건 박 대리가 아니건, 중요하지 않다고 했다.

"당분간만 지켜보자는 말이야. 그러다 박 대리가 진짜 사라져버리면, 회사에서 우리 팀에 인원 충원이라도 해줄 것 같아?"

어제까지만 해도 그는 분명 박 대리의 존재를 미심쩍어

했고 부담스럽다고 생각하는 듯 보였다. 그런데 상황이 달라졌다. 나는 박 대리를 보고 있는 많은 눈을 느낄 수 있었고 그 눈빛들이 꽤 호의적인 형태로 변하고 있는 것을 알았다. 그 호의가 죽은 사람에 대한 동정과 그럼에도 불구하고 아무런 정신적 동요 없이 일을 수행하는 그의 능력에서 나왔다는 것은 퍽 기이한 일이었다. 실제로 그는 지금 자신이 처한 상황과 전혀 관계가 없는 것처럼 굴었다. 마치 다음 날, 혹은 그다음 달에도 자신이 그곳에 그렇게 존재하리란 확신이 있는 사람 같았다.

나는 은정 씨와 얘기를 나누고 있는 박 대리의 모습을 보았다. 은정 씨는 박 대리 옆에서 눈을 내리깔며 어색한 웃음을 짓고 있었다. 정작 박 대리는 평소와 크게 다르지 않았는데 은정 씨는 애써, 더미의 얼굴 근육을 힘겹게 움직이며 그에게 호의를 표했다. 세상은 그가 살아 있을 때보다도 그에게 호의적이었다. 이제 그는 세상에 존재하지 않는데도 불구하고 그랬다.

*

박 대리를 향한 사람들의 동정은 시간이 지날수록 커졌다. 그보다 직급이 높은 사람들은 그가 그저 맡은 일을 하고 있을 뿐인데도 저렇게 일을 잘하는 사람이 죽어버리다니, 라고 말하며 그를 불쌍히 여겼다. 그보다 뒤에 들어온 후배들은 박 대리를 호기심 있게 관찰했다. 그들은 박 대리가 인쇄물을 철하는 모습에도, 춘곤증에 시달리는 모습에도 흥미를 보였다. 이런 식의 태도는 얼마 안 가 그를 구경거리로 전락시켰다. 나는 사람들이 그에게 보이는 친절이 지나치다고 여겼으나 시간이 지나자 그들의 속마음을 어느 정도 알 수 있었다. 그들은 박 대리를 회사에서 새로 들인 샘플용 안마 의자나 죽지 않는 선인장 정도로 여기는 것 같았다. 그렇기에 박 대리가 무슨 얘길 하더라도 고개를 끄덕일 준비가 되어 있었고 그의 작은 실수에도 아량을 베풀 수 있었다. 하지만 나는 박 대리를 바라보는 그들의 시선이 부담스러웠다. 사람들은 우리 팀의 프로젝트보다 박 대리를 더 주목했고 그가 주목을 받을수록 팀의 일은 우스워졌다. 나는 그가 정말로 일을 제대로 하고 있는지조차 의심스러웠다. 나 혼자만의 생각은 아니었다. 죽은 박 대리와 잘 지내는 것처럼 보였던 은정 씨가 나에게 면담을 신청했다.

"김 대리님도 아시잖아요. 저 이번에 계약 연장해야 돼요."

계약 기간이 얼마 남지 않은 은정 씨는 팀장이 홀리듯

얘기했던 무기 계약직에 관한 이야기를 무척 신뢰하고 있었다. 그녀는 죽은 사람의 업무 능력이 우리의 프로젝트에 얼마나 긍정적인 영향을 끼칠지 자신이 없다고 했다. 그녀는 박 대리가 전보다 조금 느려진 것 같다고도 말했다.

"전에는 두 시간이면 됐던 일을 반나절 동안 잡고 계시더라고요."

문제는 팀장이었다. 그는 은정 씨의 계약 연장에 대해서는 아무런 생각이 없어 보였고, 박 대리의 업무 능력에 대해서는 전에 없던 기대를 보였다. 팀장의 입장에서는 은정 씨를 무기 계약직으로 전환하는 일보다 죽은 박 대리와 함께 일하는 쪽이 더 쉬웠다. 그저 아무 조치도 취하지 않으면 그만이었기 때문이다. 팀장은 박 대리를 죽음마저 극복해낸 사람으로 보았으며 죽여도 죽지 않는 시시포스 같은 인물이라고 했다. 나는 그 비유가 한참은 잘못됐다고 여겼지만 팀장은 아랑곳하지 않았다.

"그냥, 좀 꼼꼼하게 일한 거 아닌가요?"

내가 말을 아끼자 은정 씨는 퍽 실망한 얼굴로 고개를 떨어뜨렸다. 그녀의 왜소한 어깨로 짧은 단발머리가 닿았다. 나는 박 대리의 장례식장에서 보았던 그녀의 모습을 떠올렸다. 실제의 그녀는 좀 더 긴 머리칼을 가지고 있었고, 체격도 더미보다 작았다. 얼굴이 보이지 않았지만 나는 은정 씨가 울고 있을지도 모른다고 생각했다. 그녀에게는 위로가 필요해 보였다. 나는 한참을 망설이다 그녀의 어깨 위로 손을 뻗었다. 순간 그녀가 고개를 들어 몸을 떨었다. 내가 무슨 일이냐고 묻자 그녀는 아주 가끔씩 더미에 접속이 안될 때가 있다고, 별일 아니라며 휴게실 밖으로 나갔다.

*

박 대리가 정상적으로 근무하는 것과 관계없이 프로젝트는 지지부진하게 진행됐다. 누군가가 특별히 잘못하지 않았는데도 일이 진척되지 않는 게 처음 있는 일은 아니었지만, 은정 씨는 무척 초조해했다. 마감일은 점점 다가오는데 구체적으로 확정된 일까지도 협력사의 사정으로 자꾸 엎어졌다. 박 대리에게 호의적이던 팀장도 그가 그럴듯한 아이디어를 내지 못하자 쉽게 관심을 잃었다.

그런데 엉뚱한 곳에서 일이 터졌다. 은정 씨의 더미가 회의 도중 완전히 방전된 것이다. 전원이 꺼진 그녀의 더미는 중심을 잃고 회의실 바닥으로 넘어졌다. 부드러운 실리콘 더미에는 상처 하나 남지 않았지만 은정 씨는 IT 부서 직원이 회의실로 오기 전까지 차가운 바닥에 누워 있어야 했다. 프로그래밍 없이 존재하는 더미는 조금의 생기도 없어서 우리는 그것을 회의실 구석에 쌓아놓은 서류 더미처럼 바라만 보았다.

　단순한 출력 오류 정도로 여겨졌던 일은 생각보다 큰 후유증을 안고 있었다. 은정 씨의 오래된 더미는 그 뒤로도 오작동을 일으켜 그녀의 생각과는 전혀 다른 방향을 가리키기도 했고 때때로 몸을 가누지 못한 채 비틀거렸다. 팀장은 오류가 빈번해지자 '더미가 완전히 고쳐질 때까지'라는 애매한 기간을 설정하여 그녀에게 휴가를 권했다. 재계약까지 얼마 남지 않은 은정 씨는 실제 몸으로라도 나와서 일을 하겠다고 했다. 팀장은 그렇게 하면 같이 일하는 직원들에게 위화감을 줄 수 있다고 말하며 그녀를 말렸다. 은정 씨는 새 더미를 구해줄 수도 있지 않으냐며 팀장에게 매달렸다.

　"누가 쓰던 것이어도 좋아요."

　그녀는 자신에게 남은 학자금 대출과 그녀 밑의 어리고 아픈 동생들에 관한 이야기를 꺼냈다. 사내 친목회에서 들어본 적 있는 이야기였고 그 자리에 함께 있던 팀장 또한 알고 있는 사연이었다. 나는 그때 집요하게 은정 씨의 사정을 캐묻던 팀장의 말투와 어렵사리 터져 나온 그녀의 이야기를 흘려듣던 모습을 떠올렸다. 팀장은 호기심만 있을 뿐 남의 일에 관심이 있는 사람은 아니었다. 나는 은정 씨의 이야기가 팀장의 감정적 동요를 불러일으킬 수 없으리라는 걸 알았다. 그런데 그녀가 슬슬 귀찮다는 표정을 짓기 시작하는 팀장에게 이렇게 말했다.

"박 대리님도 저렇게 일하고 계시잖아요."

팀장은 그 얘기가 여기서 왜 나오느냐고 했지만 표정으로 보이는 당혹감은 감출 수 없었다. 그것은 은정 씨가 자신의 뜻과 달리 계속해서 회사에 나오려 하기 때문이라기보다 그녀의 말이 크게 틀리지 않았기 때문이었다. 원래대로라면 남는 더미가 적어도 하나는 있어야 했다. 나는 자리에 앉아 있는 박 대리를 곁눈질했다. 그는 당황스러운 표정으로 은정 씨와 팀장을 바라보고 있었다. 왜 자신의 이름이 거기에 언급되는지 알 수 없다는 얼굴이었다. 나는 은정 씨가 그렇게까지 할 수 있는 사람이라고는 생각하지 못했다. 그녀가 나쁘다고는 생각하지 않았지만 좋게 여겨지지도 않았다.

그렇게 소동이 마무리되고 막내가 나에게 찾아왔다. 막내는 인적이 드문 복도에 다다르자 황당하다는 듯 웃으며 말했다.

"아까 박 대리님이 저한테 뭐라고 하신 줄 알아요?"

"왜, 무슨 일 있었어?"

"은정 씨가 왜 자기를 걸고넘어졌는지 모르겠다고, 혹시 뭐 아는 거 없느냐고요."

"그걸 진짜로 물어봤단 말이야?"

"……그리고 좀 이상한 말도 하셨어요."

*

그가 죽은 지 보름이 채 되지 않았을 때였다. 박 대리에
대한 주변의 관심은 그가 아직 자신의 자리를 차지하고 있
는 것에 대한 의아함으로 바뀌어갔다. 사람들은 죽은 그가
언제까지고 자리를 지키고 있는 게 어딘지 소름 끼치는 구
석이 있다고 했다. 박 대리는 없어질 낌새를 보이지 않았
다. 동요하거나 괴로워하지도, 스스로에 대해 혼란스러워
하지도 않았다. 박 대리는 언제나 그 자리에 있었고 매번
그대로였다. 그렇다고 그가 자신의 죽음에 무지했던 것은
아니었다. 때때로 무례한 누군가가 그 앞에서 그의 죽음에
대해 언급하는 상황이 벌어지기도 했다. 하지만 박 대리는
그런 말들에도 "일이 그렇게 됐네요"라는 식의 말을 하며
쓸쓸한 웃음을 흘렸다. 자기 자신이 아닌 주변인을 잃은
사람처럼, 마치 자기가 우리 중의 한 사람이라도 되는 것
처럼 굴었다. 나는 그런 그를 볼 때마다 무언가 잘못 돌아
가고 있는 듯한 느낌을 받았다. 그는 언제까지라도 이곳에

있을 수 있는 것일까. 정말로 그럴 수 있을까. 나는 그처럼 자신의 죽음에서 소외된 사람을 본 적이 없다. 그것은 그가 진짜 사람이 아니라 형상화된 프로그램에 불과하기 때문일 수도 있지만 그게 모든 질문에 대한 답이 될 수는 없었다.

나는 팀장에게 박 대리의 상태가 조금 이상하다고 전했다. 그가 자신의 죽음을 다른 방식으로 이해하고 있으며 인지 능력에도 문제가 있어 보인다고 했다. 팀장은 고개를 내저으며 말했다.

"매일 집에도 못 가고 저렇게 회사 안에만 있는데 그걸 어떻게 다른 식으로 받아들인다는 거야."

"그게, 막내한테 좀 이상한 소리를 했다더라고요."

나는 막내가 나에게 했던 말을 곱씹었다.

"자기는 지금 살아 있다고……."

팀장은 손끝으로 책상을 두드렸다. 신경을 거스르는 작고 둔탁한 소리가 일정한 간격으로 이어졌다. 팀장이 물었다.

"기능은 좀 어떤데."

"네?"

"일은 제대로 하느냐 말이야."

"전보다 못하다는 말이 있긴 했습니다."

"하긴, 정말로 자기가 살아 있다고 생각하는 거면 그게 맞이 간 게 맞네."

팀장은 은정 씨의 휴가를 보류했다. 그는 이제 박 대리에 대해 어떤 결정을 내려야 할 때가 왔다는 걸 깨달은 듯했다. 박 대리가 그렇게 우리와 함께 일을 하고 농담을 하는 사이에, 어쩌면 우리는 가장 기본적인 사항을 잊고 있었는지 모른다. 호스트인 인간 없이는 더미도 존재할 수 없다. 인간이 없다면 손 하나 까딱할 수 없는 실리콘 덩어리여야 맞았다. 그러니 저 밖의 박 대리가 죽은 이상 이곳에 남은 더미는 또 다른 그가 아닌, 그가 남긴 오류나 찌꺼기에 불과했다. 그 이상의 의미를 부여할 필요는 없는 것이다.

팀장은 때때로 IT 부서의 안 과장과 통화를 했다. 그들은 박 대리의 계정을 삭제하는 일을 서로에게 미루었다. 팀장은 그것이 회사 내의 직원 계정을 관리하는 IT 부서의 일이라고 했고, 안 과장은 직원 퇴직에 관한 일은 같은 팀 내의 팀장이나 인사과에서 처리해야 할 일이라고 맞섰다. 그들은 박 대리가 여기에 있어서는 안 된다는 의견에 동의했지만 그를 없애는 일에는 선뜻 나서지 않았다. 더는 그를 두고 볼 이유가 없다고 해서 자신들이 그의 죽음에 적극적인 집행자가 되고 싶지는 않았던 것이다. 그러자 팀장은 박 대리의 마지막에 그 스스로를 동참시키기로 했다. 그는 인사과 부장과의 회의 자리에 박 대리를 불러냈다. 어떤 식으로든 그의 입에서 스스로의 죽음을 인정하는 대답이 나온다면 그의 계정 삭제도 좀 더 수월하게 진행되리라 여긴 것이다. 만약 순순한 답이 나오지 않는다면 프로그램에 도저히 고칠 수 없는 오류가 생겼다고 둘러댈 수도 있었다. 팀장은 그 자리에 나를 참관인 자격으로 불렀다. 내가 한 말에 책임을 지라는 의미였다. 이런 일들을 바라고 그가 한 말을 전했던 것임에도, 나는 회의실로 들어오는 박 대리를 보자 떳떳하지 못한 사람이 되어 그의 얼굴을 외면했다.

팀장은 박 대리가 그간 우리 팀에서 해주었던 모든 일에 감사 인사를 표했고 그의 죽음에 대해 안타까워하며 위로를 건넸다. 당사자를 앞에 둔 그런 식의 애도는 박 대리에게 지나친 호기심을 가졌던 이들에 의해 종종 일어났던 일이었지만, 적어도 그의 장례식장을 방문했던 우리 팀에서는 없던 일이었다. 그런데 평소라면 순순한 긍정으로 상황을 넘어갔을 박 대리가 그 애도의 표현 앞에서 다른 말을 뱉었다. 자신이 죽지 않았으며 이곳에 살아 있다고 말하는 것이었다. 예상치 못한 그의 대답에 인사과 부장이 흥미를 보였다.

팀장은 농담이라도 들은 듯 헛웃음을 흘렸다. 그리고 그가 이곳에 남겨진 것뿐이라고 했다. 그것은 살아 있는 것과도 다르며 여기를 벗어날 수도 없는 그가 계속해서 자신이 살아 있다고 믿는다면, 이곳에서 아무런 도움이 되지 못한다고도 했다. 그러자 박 대리가 간절한 목소리로 말했다. 일을 할 수 있다고, 지금까지 그래왔던 것처럼 앞으로도 할 수 있다고 그랬다. 그렇게 말하는 박 대리의 절박함은 은정 씨가 보여주었던 것과도 다르지 않았다. 당혹스러웠다. 그가 이곳에 남을 이유가 무엇인지. 생활도, 미래도 없는 이곳에서 그저 '있는 것'을 과연 사는 것이라 할 수는 있는 건지, 그가 아닌 나는 도무지 답을 알 수 없었다. 잠자코 상황을 지켜보던 인사과 부장이 말했다.

"그럼 한번 증명해봐요."

*

그 일이 있고 얼마 지나지 않아, 인사과 대리가 팀을 찾아와 박 대리에 대한 조사를 진행했다. 회사에서는 그가 스스로를 증명해내기 전에 그의 쓸모를 확인하기로 한 듯했다. 그 신임 대리는 회의실에서 박 대리를 면담했고 그의 직무 능력과 사고 능력을 테스트했다. 적지 않은 시간 동안 회사에 몸담았던 박 대리에게는 가히 굴욕적인 일이었다. 그와 비슷한 시기에 입사했다는 마케팅부 직원은 자신이 저런 일을 겪는다면 회사에 사표를 낼 것이라고 했다.

오후 근무 시간 내내 이루어진 일련의 테스트에 의해 그는 정상적인 사고와 상식을 가진 것으로 판단됐다. 그것이 프로그래밍된 더미의 기계적 정확성에 의한 결과인지, 아니면 인간적인 선택들을 기반으로 마련된 결과인지는 알 수 없었다. 회사에서는 팀장과 달리 박 대리에 대한 모종의 기대를 하고 있는 듯했다. 어떻게 보면 그는 돈 한 푼 들이지 않고 일을 시킬 수 있는 인력이었다. 인사과에서는 사내 인트라넷을 통해 박 대리가 죽은 이후에 올린 결재 서류들과 법인카드 사용 목록을 확인했다. 편의를 위해 관례로 행해졌던 결재 이후의 서면 보고들이 문제시되긴 했으나 회사에서 그 일을 약점으로 삼지는 않았다.

그사이 팀장은 박 대리를 제외한 팀원들과 개별적인 면담을 진행했다. 팀장은 평소 박 대리의 행실에서 이상한 점을 발견하지 못했느냐고 물었다. 가장 이상한 점은 그가 아직도 이곳에 있다는 것이었는데, 그걸 빼고 묻는 질문이어서 제대로 답할 수 없었다. 팀장은 박 대리가 결국 어떤 식으로든 문제가 될 거라고 믿었지만, 이제 그를 사라지게 만들 방법은 해고 말고는 없는 듯 보였다.

"생각 좀 해봐. 꽤 오래 알고 지냈잖아."

팀장은 한숨을 쉬며 산 사람을 잘라내는 일보다 어려운 일이 됐다고 말했다. 회사에서는 그의 죽음을 해고 사유로 삼고 싶어 하지 않았고, 그가 쓸모 있을 가능성을 간과하지도 않았다. 하지만 그를 자르는 일이 쉽게 풀렸다면 나는 오히려 죄책감을 느꼈을지도 모른다. 산 사람은 이곳을 나가도 살 수 있는데, 박 대리는 여길 나가면 정말로 죽을 테니까.

이후에도 팀장은 한동안 박 대리에 대해 조사했으나 특별한 소득은 없었다. 대리 직급에서 책임질 일이라는 건 정해져 있었고, 그는 생전에 이렇다 할 성과도, 징계도 받아본 적 없는 직원이었다. 하지만 사람들에게서 박 대리를 고립시키는 일은 가능했다. 동정적인 이들도 간혹 있었지만 대다수의 직원들은 그와 눈을 마주치거나 대화하기를 꺼렸다. 나는 그의 눈이 파티션 바깥으로, 나에게로 혹은 다른 이들에게로 향하는 모습을 보고도 애써 모른 척했다. 그의 눈빛이 비인간적이거나 기계적이었다면 조금은 편했을지 모르겠다. 그는 여전히 내가 알던 사람과 닮은 얼굴을 하고 있었다. 나는 그런 그를 보는 것이 무척 불편했다. 다른 사람들도 마찬가지였을 것이다. 그는 점점 어쩔 줄 몰라 했고 달라진 모두의 태도에 당황스러워했다. 그는 그제야 예전과는 다른 사람처럼 보였다. 얼마 지나지 않아 우리는 그를 이전의 박 대리와는 완전히 다른 사람으로 대했다. 그는 자신이 바뀌지 않았다는 걸 주장하듯 여전히 박 대리의 자리를 차지하고 있었지만, 누구도 그를 신뢰하지 않았다. 그는 이제 농담을 하지 않았다.

팀장은 박 대리가 올린 결재 서류를 확인조차 하지 않고 방치하면서도 그가 회의에 들어오는 건 막지 않았다. 팀장은 그가 의견을 낼 때마다 "아니 그게 아니지"라고 말하며 면박을 주거나 "박 대리는 자기가 지금 무슨 말을 하는지 알고 있는 건가"라는 말로 회의가 끝날 때까지 입 한 번 떼지 못하게 했다.

"죽은 사람 하나 때문에 이렇게까지 팀 분위기가 안 좋아질 건 뭐예요."

회의가 끝나자 막내가 불만에 찬 목소리로 말했다. 확실히 팀 분위기가 엉망이 된 것은 사실이었다. 그것은 박 대리의 책임이라기보다 매번 처음으로 돌아가는 회의 자체의 문제였지만, 우리는 박 대리에게 쉽게 책임을 전가했다. 회의록을 정리하던 은정 씨는 박 대리가 한 말을 적어야 하는지에 대해 물었다. 나는 팀장의 눈치를 보며 그럴 필요는 없을 것 같다고 했다. 지금의 박 대리는 계약직인 은정 씨보다 위태로워 보였다.

그때부터 나는 박 대리가 회사에서 무슨 일을 하고 있는지 알지 못했다. 그는 분명 우리 팀에 속해 있었지만 팀장도 그에게 따로 일을 지시하지 않았고 신경을 쓰지도 않았다. 그렇다고 해서 그가 남들보다 한가해 보인다거나 지나치게 바빠 보인 것도 아니었다. 그는 할 일을 끝내면 그다음 할 일이 자동적으로 생산되는 사람처럼 꾸준히 무언가를 했다. 회사에서 박 대리를 다른 부서로 재배치할 거라는 소리도 들렸다.

　나는 혼자 일하는 박 대리를 보며, 그의 영혼이 더미 안에 남아 있을지도 모른다고 생각했다. 출근해서 퇴근하기까지 열 시간 가까이 더미 안에서 움직이다 보면 누구나 한 번쯤은 그런 생각을 하기 마련이었다. 그렇더라도 더미의 몸은 인간이 아닌 회사의 편의를 위해 만들어진 것이었다. 우리는 많은 기능이 생략된 더미의 몸을 자신의 몸과 대체하려 하지 않았다. 하지만 만약 박 대리가 죽기 전, 그의 정신이 몸으로 돌아가지 못했다면 영혼이 그대로 더미 안에 갇혀 있는 것도 가능하지 않을까. 나는 곧 생각을 접었다. 우리는 더미의 몸에 자신의 영혼을 집어넣지 않는다. 그것은 그저 조종되는 빈껍데기다. 나는 박 대리의 더미가 내 것과 다르다고 여기지 않았다. 박 대리가 왜 멈추지 않는 건지 알 수 없었지만 그가 우리가 흔히 알고 있는 인간의 범주 안에 들어가지 못한다고 확신했다.

　그러나 그런 생각을 하며 스스로를 다독이는 날에는 틀림없이 악몽을 꾸었다. 박 대리는 내 꿈속을 휘젓고 다니며 불안감을 들추었다. 그가 죽던 날 저녁, 나는 정말 아무것도 보지 못했다고 여겼지만 어쩌면 무언가를 봤을지도 모른다. 그가 나를 바라보고 무언가 말하려 했을 수도 있었다. 그러나 그가 무엇을 말하려 했건, 그가 사는 곳도 알지 못하는 내가 할 수 있는 일은 없었을 것이다. 하물며 내가 그의 죽음을 지켜본다고 해서 그가 오류로 남지 않았으리라는 것은 과민한 상상이었다. 그럼에도 그 모든 합리화의 과정이 내가 완전히 잘못된 인간일지도 모른다는 생각을 갖게 하는 건 막을 수 없었다. 형태 없는 죄책감은 나를 끊임없이 괴롭혔다. 팀장은 언제라도 나를 불러내 그를 로그아웃시키라고 할 수 있었다. 그러면 나는 어쩔 수 없이 박 대리의 옆자리에 앉아 그의 어깨를 다독이며, 어차피 죽었잖습니까. 이제 우리 모두를 그만 괴롭혀요, 와 같은 끔찍한 말을 하며 그를 회유할지도 모른다.

*

　박 대리는 이제 회의에 참여하지 않았다. 그것이 자연

스럽게 그가 택한 일인지, 아니면 팀장 쪽에서 어떤 압박을 가했는지는 알 수 없었다. 팀장은 그를 같은 팀으로 여기지 않았다. 박 대리가 담당하던 일은 결국 내 쪽으로 넘어왔고 나는 은정 씨에게 일의 일부를 넘겨주었다. 그녀가 절박한 마음으로 맡은 일을 잘 처리해주리라 믿었기 때문이다. 그녀는 때때로 팀장 몰래 박 대리에게 다가가 아직 마무리되지 못한 일에 대한 인수인계를 받았다. 박 대리는 스스로에게 치욕적일 수 있는 일들을 잘 감당해냈고 매번 친절하게 은정 씨의 질문에 답을 해주었다. 아마도 옆자리에 앉은 은정 씨 외에 누구도 그 근처에 가려 하지 않았기 때문일 것이다.

나는 은정 씨와 따로 회의하는 도중 박 대리가 책상에 앉아 무얼 하고 있는지 물었다. 은정 씨는 잠시 침묵을 지키고 있다가 나를 보지 않고 말했다.

"아무것도 안 하고 있었어요."

"온종일 뭘 쓰고 있던데요?"

"별거 아니었어요."

은정 씨는 자신의 말투가 조금 짜증스러웠다는 것을 알아채고, 말을 덧붙였다.

"서류에 밑줄을 긋고 있더라고요."

"어디에요?"

"모든 부분에요."

모든 부분에 밑줄이 처진 책은 결국 아무것도 중요하지 않게 된다. 그가 그토록 집중하던 일이 겨우 그런 것이라니, 황당했다. 나는 헛웃음을 치며 말했다.

"도대체 왜 그러는 걸까요?"

"정말로 쓸모없어 보이고 싶진 않은 거겠죠."

은정 씨는 자신도 그와 비슷한 일을 해본 적이 있다고 했다. 이전 회사에서는 프로젝트가 끝나자 그녀를 그만두게 만들기 위해 일을 주지 않았고 그다음엔 책상이 주저 앉았다는 평계를 대며 자리를 없앴다. 그래서 그녀는 근무 시간 내내 빈 회의실을 찾아다니며 아무도 보지 않는 서류의 오탈자를 검수했다는 것이다. 나는 은정 씨에게 그녀가 겪은 일과 지금의 경우는 다르다고, 이 일을 그렇게 감정적으로 접근해서는 안 된다고 했다. 내 말에 그녀는 아무런 감상도 찾아볼 수 없는 얼굴로 나를 보았는데, 나는 표정이 변하지 않기 위해 그녀의 눈높이보다 낮은 곳을 바라보아야 했다. 곧 박 대리를 보지 못하게 될 것 같았다. 죽음마저 흘려보낸 그였지만 이제 물러날 곳이 없었다. 회사가 이제 와 그에게 관용을 베푼 것이 아니었다. 그는 그저 방치되고 있던 것뿐이었다.

그러던 중에 인사과에 제보가 들어왔다. 한 달 전부터

박 대리의 퇴근 기록을 찾아볼 수 없다는 것이었다. 죽은 그 순간부터 한 번도 시스템에서 로그아웃을 하지 않았기 때문이었는데 그것은 어쩌면 당연한 일이었고 나를 포함한 몇몇은 이미 알고 있는 사실이기도 했다. 하지만 그 일이 공론화되자 그의 존재 자체가 보안상의 문제가 됐다. 그가 남들이 모두 퇴근한 시간에 무엇을 했는지에 대한 추측이 무성했다. 엎드려서 잠을 잤을 거라는 사람도 있었지만 다른 더미들을 살펴보고 다닌다거나 우리 중 누군가의 더미에 이상한 짓을 했을지도 모른다고 여기는 사람도 있었다. 가장 창의적인 생각은 인사과 직원을 통해 나왔다. 그들은 박 대리가 기밀 서류에 접근한다거나 외부와 접촉했을 가능성을 제기했다. 박 대리가 그럴 사람이 아니라는 것은 알고 있었지만 죽기 이전의 인격은 결백에 대한 근거가 되기엔 미약했다. 그가 경쟁 회사에서 보낸 외부 바이러스일지도 모른다는 이야기까지 나돌자, 팀장은 평화적인 해결책이 있다며 사측에 협상을 제안했다.

팀상은 그날 박 대리와 꽤 오랜 시간 이야기를 나눴다. 그렇게 함께 있는 두 사람의 모습은 박 대리가 죽기 이전에도 흔하게 볼 수 있던 광경은 아니었다. 팀장은 보안상의 이유를 들며 그가 하지 않았을 일들을 말할 것이다. 그리고 그 일들이 실행될 일말의 가능성에 대한 다른 이들의 의심을 언급하리라. 그가 그렇다는 건 아니지만 앞으로 그러지 않을 거라고 장담할 수는 없는 일이니까. 어차피 계속 회사에 있으면 우스운 꼴이 될 거라고 말이다. 그런 말을 듣는다면 박 대리도 어쩔 수 없다는 걸 알겠지. 어쩔 수 없이, 너는 이곳에 있을 수 없다는 걸 인정할지도 모른다.

하지만 생각과 달리 팀장은 박 대리에게 더미와 함께 회사를 나가는 것을 제안했다.

"자네 계정은 회사가 사라지지 않는 한 계속해서 유지될 예정이네."

그는 아주 부드럽고 조심스러운 말투로, 그 더미는 박 대리가 평생 동안 월급을 모으더라도 살 수 없는 고가의 더미라는 말을 덧붙였다. 팀장의 말에 박 대리는 아주 느린 속도로 고개를 끄덕였다. 그게 정말로 그의 결정이라고 말할 수는 없을 테지만 어쩌면 그도 조금은 속이 시원하지 않을까 싶었다. 이번에는 그도 죽지 않았고 우리도 누군가를 완전히 없애지 않아도 됐으니까.

이미 대부분의 일이 박 대리의 손을 떠나 나와 은정 씨가 담당하고 있었기 때문에 인수인계라고 할 만한 일도 없었다. 박 대리의 퇴사는 아주 빠른 속도로 이루어졌다. 팀장은 골치 아픈 일을 드디어 끝냈다는 듯이 그의 자리를 대체할 만한 누군가를 찾기 위해 여러 부서를 기웃거렸다.

그건 보기에 따라서 팀장이 그저 박 대리의 얼굴을 보기 거북해하는 것도 같았다. 그렇게 박 대리가 나가는 일이 공식화되자 때때로 그의 주변을 힐끔거리던 사람들까지도 어느새 제 할 일이 바쁜 듯이 눈을 돌렸다. 그래서 정말로 박 대리가 회사 밖으로 나설 때 그의 곁에는 아무도 없었다. 하지만 더미인 상태로 밖을 나서는 그의 모습은 모두에게 생소한 일이라, 결국에는 다들 우연처럼 그가 사라져가는 방향을 바라볼 수밖에 없었다. 그러한 그들의 모습은 서로를 무척 닮아 있었다.

그가 나간 뒤, 나는 은정 씨를 따로 불러내 팀 내에 빈자리가 생기면 계약 연장이 아니라 정규직 전환이 가능할지도 모른다고 일러두었다. 내 말이 끝나자 은정 씨는 조용히 고개를 끄덕였다. 그녀의 더미가 오래된 탓에 기뻐하는 것인지 아니면 그저 나를 믿지 못하는 것인지 알 수 없었다. 대신 그녀는 이렇게 말했다.

"우리 기도해요."

그녀는 내 대답을 듣지도 않고 눈을 감은 채 두 손을 모았다. 나는 가만히 그녀를 바라보았다. 그 기도가 죽지 않은 채 떠나가는 누군가를 위한 기도인지, 자신의 계약 연장을 위한 기도인지는 몰랐다. 하지만 그녀도 안심이 되는 구석이 있기에 기도할 여유를 갖게 된 거겠지. 그러다 든 생각은 어쩌면 그녀가 내가 한 일을 알고 있을지 모른다는 것이었다. 나는 지금의 기도가 차라리 그녀 자신을 위한 행동이기를 바랐다. 나도 어릴 때 무언가를 얻기 위해 기도를 한 적이 있다. 장난감이나 좋은 성적 같은 걸 바랐는데, 위에 있는 누군가를 믿기에 했던 기도는 아니었다. 잠깐 손을 모으고 눈을 감는 일이 크게 해가 되지는 않을 거라고 여겨, 나는 그녀를 따라 눈을 감았다.

틈

틈

『바디 픽션』(제철소, 2017) 수록작

여자는 왼쪽으로만 음식을 씹는 버릇이 있었는데, 어느 날 저녁 친정에서 보내준 무말랭이무침을 먹다 왼쪽 아래 어금니가 흔들리는 것을 느꼈다. 처음에는 애써 무시하려 했으나 음식을 씹을 때마다 느낌은 점차 확실해졌다. 무말 랭이는 왼쪽 어금니 사이에서 끊어지지 않았다. 여자는 결 국 밥과 반찬을 반만 씹어 삼켰다. 앞에 앉은 남자는 장모 의 음식 솜씨를 칭찬하며 무말랭이무침으로 밥 한 공기를 비워냈다.

다음 날 아침 여자는 식사 대신 뜨거운 커피를 마시며 불편한 속을 달랬다. 불어난 밥알들이 위장에 달라붙어 밤 새도록 그녀를 괴롭혔던 것이다. 커피를 마신 후에는 평소 보다 꼼꼼히 양치질을 했다. 칫솔모가 왼쪽 아래 어금니에 닿을 때는 특히 조심했다. 여자는 출근길 버스 안에서도,

화장실에서 볼일을 볼 때도 혀로 조금씩 어금니를 건드렸다. 회의 때는 어금니 안쪽을 혀로 핥다 상사의 질문에 대답하지 못해 주의를 듣기도 했다.

치과에 갈 마음은 좀처럼 들지 않았다. 신경이 쓰이기는 했지만 그렇다고 해서 치과에 가는 건 지나친 일처럼 느껴졌다. 생각해보면 이에 이상이 있다고 느낀 것 자체가 오랜만이었다. 여자는 주변 지인들이 치아를 방치하다 결국 신경 치료까지 받았다는 얘기를 들을 때마다, 평소 그들의 생활 습관을 되짚어보며 그럴 만하다고 여기곤 했다. 퇴근 길에 여자는 몇 번에 걸쳐 치아를 꽉 물었다. 그렇게 하고 있으면 어금니가 흔들리지 않을 것 같았다.

집에 도착하고 보니 남자가 먼저 와 있었다. 그는 주방에서 저녁을 차리는 중이었다. 여자는 구두를 벗자마자 그에게 다가가 말했다.

"여보, 나 어금니가 이상해."

*

남자는 여자에게 상황을 극적으로 만드는 재주가 있다고 생각했다. 별것 아닌 일에도 심각하게 반응하는 모습은 결혼 전부터 귀엽게 여기던 점이었다. 하지만 지금은 그녀의 입안을 보기보다 밥을 먹고 싶었다.

여자는 입을 크게 벌린 채 손가락으로 입안을 가리켰다. 그곳에는 크고 작은 치아들이 빼곡히 차 있었다. 치아가 얼마나 촘촘한 간격으로 박혀 있는지 아랫니는 대여섯 개 정도가 맞물린 채 삐뚤게 자라 있었다. 연애 기간을 합친 다면 꽤 오랫동안 서로를 알고 지냈는데도, 이렇게 입속을 들여다본 적은 처음이었다. 남자는 그녀의 얼굴 너머로 시 선을 돌리며 잘 보이지 않는다고 했다.

"잘 좀 보라니까, 정말 흔들리고 있어."

여자는 손가락을 왼쪽 어금니에 갖다 대고 흔들었다. 남 자는 어쩔 수 없이 고개를 숙여 그녀의 입 쪽으로 좀 더 가 까이 다가갔다. 어금니로 갈수록 누렇게 변색된 치아가 한 눈에 들어왔다. 입안은 때운 흔적과 치석으로 얼룩져 있었 고 정작 봐달라는 어금니는 손가락에 가려 끄트머리밖에 보이지 않았다. 입안에 고여 있던 침이 그녀의 아랫입술을 타고 흘러내렸다.

"이러다가 빠지진 않겠지?"

손가락 때문에 혀를 제대로 굴릴 수 없었던 여자의 말은 어눌하고 경박하게 들렸다. 남자는 고개를 돌리고 싶은 충 동을 느꼈으나 대신 그녀의 손목을 잡고 입안에 있던 손가 락을 빼냈다.

"자꾸 그렇게 만지면 충치 생겨. 손에 세균이 많잖아."

"흔들리는 거 봤어?"

남자는 그녀의 얼굴을 바로 보지 못하고 목 부근에 눈길을 두었다. 남자의 얼굴이 심각한 고민에 빠진 사람처럼 굳어갔다. 여자는 그의 반응을 눈치채지 못한 채 흔들리는 어금니에만 신경을 세우며 의자에 앉았다. 남자가 말했다.

"내일은 병원에 가야겠네."

여자는 대답 대신 배가 고프다고 했다. 남자는 그녀가 그렇게 손도 씻지 않은 채 자리에 앉아 제 몫의 밥을 덜어주기만 기다릴 것을 알았다. 교통 체증이나 잔업을 이유로 여자의 귀가 시간이 늦어질수록 저녁을 차리는 일은 어느새 그의 몫이 됐다. 여자는 밥이 상에 놓이기도 전에 침이 묻은 손으로 젓가락을 집어 들었다. 조금 전까지 이가 아프다며 칭얼대던 사람답지 않게 나물이며 김치를 아무렇지도 않게 먹었다.

"어금니 때문에 온종일 밥도 제대로 못 먹은 거 있지."

남자는 같이 먹으라며 그녀 앞에 밥을 놓아주었다. 여자가 습관처럼 그에게 웃어 보였다.

토요일에 그들은 함께 치과를 찾았다. 남자는 속이 좋지 않다고 했지만 여자는 치과에 혼자 가는 것이 무섭다고 했다. "치과에 갔다가 영화도 보고 밥도 먹고 들어오자." 여자가 말했다. 남자는 정말로 마음이 내키지 않았는데, 그것이 더부룩한 속 때문이라고 여겼다.

여자는 진단까지 그리 오래 걸리지 않을 거라고 했다. 예상과 달리 의사는 그녀의 치아 상태를 본 뒤 이런저런 검사를 계속해서 추가했다. 대기실에 앉아 있던 남자는 한참 시간이 흐른 뒤에야 상담실에 들어갈 수 있었다.

의사는 어금니가 흔들리는 이유를 턱의 크기에 비해 지나치게 많은 치아 개수 때문이라고 설명했다. 아랫니에 자리가 부족해 계속해서 옆으로 밀리다 보니 어금니에 너무 많은 자극이 가고 있다는 것이었다. 가장 쉬운 해결책은 일단 우측의 치아로만 식사하는 것이며 제일 확실한 방법은 발치를 통해 교정하는 것이라고 했다. 그녀가 의사에게 물었다.

"그럼 썩은 게 아니라는 건가요?"

"이대로 놔두면 곧 썩겠죠. 이가 흔들리면서 잇몸과 치아 사이에 틈이 생기면 그럴 수 있어요. 아무리 이를 열심히 닦아도 음식물이 그 안으로 들어가는 건 어쩌지 못할 테니까."

의사가 그녀의 CT 사진을 화면에 띄우고 그들 쪽으로 모니터를 돌렸다. 의사는 여기를 보세요, 라고 말하며 주의를 끌었다.

입술 없이 뼈만 남은 치아 사진에는 넓고 진한 세로줄이 아랫니 사이사이에 그려져 있었다. 의사는 그 부분이 치아가 겹치는 곳이라고 설명했다. 그는 사진을 보며 집 근처 편의점에서 일하는 우울한 얼굴의 여자를 떠올렸다. 제 앞의 사진이 그 여자의 치아를 찍은 것이라 한다면 믿을 수 있을 것 같았다. 하지만 아내는 분명 그런 여자와는 다른 종류의 사람이었다. 아내는 정말로 기쁘다는 듯이 웃을 수 있는 사람이었고, 그 안에는 불운한 사연이나 망가진 치아 같은 건 설 자리가 없어 보였다. 남자는 고개를 돌려 자신의 아내를 바라보았다. 그녀의 얼굴에서는 아무런 감상도 읽어낼 수 없었다. 남자는 여자의 치아 사진을 다른 누군가와 함께 본다는 것이, 모르는 이에게 아내의 치부를 들킨 것처럼 부끄럽게 느껴졌다.

"이런 부분은 사실 치아 몇 개만 발치하면 괜찮을 겁니다. 문제는 윗니예요."

그들은 의사가 가리키는 방향으로 시선을 돌렸다. 의사

가 만년필 끝으로 사진에 있는 그녀의 앞니를 툭툭 건드렸
다. 주변 치아보다 두 배 정도의 크기를 가진 앞니가 앞으
로 돌출돼 있었다. 의사는 왼손을 들어 엄지와 검지 사이
로 좁은 틈을 만들었다.

"이대로 놔두면 앞니 사이가 이렇게, 조금씩 벌어질 겁
니다."

의사의 손가락 사이가 점점 멀어졌다. 그녀가 난처한 얼
굴로 그를 바라보았다. 그는 의사의 손가락 간격이 벌어지
는 것을 가만히 응시했다.

*

그들은 아무런 결론을 내지 못하고 병원을 빠져나왔다.
누구도 다음 일정에 대해 말하지 않아서, 그들은 자연스럽
게 집으로 가는 버스에 올랐다. 버스에서 내려 집으로 가
는 길에 둘은 조금 떨어져 걸었다. 남자는 몸을 움츠린 채
바닥을 보며 자작거렸다. 여자가 뒤에 있다는 사실도 의식
하지 못한 사람 같았다.

여자는 걸음을 멈추고 주변을 둘러보았다. 날은 아직 환
했다. 근처에 새로 생긴 카페가 눈에 띄었다. 그의 이름을
불렀는데, 남자는 듣지 못했는지 걸음을 멈추지 않고 계속

나아갔다. 여자는 멀어져가는 그를 바라보다 이번에는 좀 더 큰 소리로 불렀다. 남자가 뒤를 돌아보자 여자는 골목 안에 있는 상가를 가리켰다. 남자가 고개를 끄덕였다.

카페에는 사람이 없었다. 여자는 입구에서 가장 먼 곳에 자리를 잡고 의자에 몸을 기댔다. 종업원이 보이지 않아 카운터에서 주문을 하는 것인지, 자리에서 주문을 받는 것인지 알 수 없었다. 둘은 조금 기다려보기로 했다. 여자가 손가락을 입안에 넣어 어금니를 만졌다. 남자가 테이블 위로 손을 내밀었다. 여자는 입안에 있던 손을 빼서 그의 손을 잡았다. 남자가 손깍지를 끼며 다정하게 말했다.

"그 의사 말이야, 진지해 보이던데."

"돈 벌려고 그러는 거지 뭐."

여자가 주변으로 시선을 돌렸다. 남자는 맞잡은 손에 힘을 주며 물었다.

"정말로 해보는 건 어때?"

여자는 윗입술을 말아 이 사이로 끌어당겼다. 아주 어릴 때부터 갖고 있던 습관이었다. 무심코 치과에서 같은 행동을 했을 때, 의사는 그런 버릇 때문에 치아가 망가지는 것이라며 그녀를 나무랐다.

"글쎄, 한 번도 생각해본 적 없어."

여자는 헛웃음을 지으며 말을 이었다.

"그걸 정말 진지하게 들은 거야? 난 다른 치과에 가볼 생각이었어."

맞잡은 손에서 땀이 묻어났다. 그러나 두 사람의 손은 입을 다문 조개처럼 완전한 교합을 이루고 있어 누구의 손에서 흘러나오는 땀인지 알 수 없었다. 남자는 슬그머니 손을 풀고 바지에 땀을 닦았다.

"그래도 당신 치아에 문제가 있는 건 사실이잖아."

"무슨 말이 그래. 내가 이를 얼마나 열심히 닦는지 알면서 그러는 거야?"

"그거야 나도 알지. 하지만 이건 그런 차원의 문제가 아니잖아. 당신이 아무리 열심히 닦아도 결국 어금니는 썩어버릴 거고 앞니는 벌어질걸."

남자는 그들이 만난 치과 의사처럼 엄지와 검지로 좁은 틈을 만들더니 그 사이를 점점 넓혔다. 여자가 허공에 있는 남자의 손을 잡아 내렸다.

"당신, 내 앞니가 좋다며."

"내가?"

"그래, 연애할 때 몇 번이나 귀엽다고 했어."

"그렇지만 당신도 나이를 먹을 거 아냐. 중년이 되고서도 앞니가 나온 게 귀여울 수는 없어."

말을 마친 남자는 슬쩍 고개를 들어 그녀의 표정을 살폈다. 여자가 말했다.

"교정은 아주 비싸."

남자가 서둘러 대답했다.

"할부도 될걸."

여자는 남자가 아주 어린 애처럼 조르고 있다고 생각했다. 그들의 형편에 그런 곳에 돈을 쓴다는 건 말이 되지 않았다. 용기를 내 치과에 갔던 건 하루라도 빨리 치료를 끝내기 위해서지, 원인을 제거하기 위해서가 아니었다.

"밥을 못 먹는 것도 아니고, 그런 이유로 빚을 질 수는 없어."

남자는 진저리를 치는 그녀의 모습이 어쩐지 과장되어 있다고 느꼈다.

주방에서 나온 키 작은 남자가 카운터를 지키고 섰다. 여자는 남자에게 주문을 부탁했다. 남자는 골똘히 생각에 잠긴 얼굴로 카운터로 갔다. 돈이 나올 곳을 생각하는 눈치였지만 그럴 데가 있을 리 없었다. 남자의 주머니 사정 또한 여자와 마찬가지로 뻔했다. 그들이 가진 돈은 앞으로 벌 돈을 포함하여 모두 쓸 곳이 정해져 있었다. 몇 분 뒤에 남자는 눈에 띄게 밝아진 얼굴로 커피 두 잔을 손에 든 채 자리에 앉았다. 남자가 테이블 위에 여자 몫의 커피를 내려놓으며 말했다.

"다음 달이 적금 만기잖아."

여자는 기가 찼다. 지금의 남자는 분명 평소와 달랐다. 그 차이에 대해서는 명확히 알 수 있었으나 남자가 왜 이렇게까지 고집을 부리는지 이해할 수 없었다.

"적금 보태서 집 옮기기로 했던 거 기억 안 나? 아이를 가질 때쯤에는 좀 더 넓은 집으로 이사하기로 했어."

여자의 말에 그의 입이 반사적으로 벌어졌다. 남자는 무언가 할 말이 있다는 듯이 여자를 바라보았는데, 결국에는 입을 완전히 다물었다.

"생각해봐. 집을 허물어 교정을 할 수는 없어."

남자는 그녀의 말에 수긍하지 않았고, 그런 불편쯤은 얼마든지 감수할 수 있다고 했다. 여자의 윗입술이 이 사이로 빨려 들어갔다. 남자는 그것을 지적하고 싶었지만 잠자코 대답을 기다렸다. 한참 뒤에 여자가 작게 고개를 끄덕였다.

"알았어. 좀 더 생각해보자."

*

바로 다음 날부터 남자는 신경이 온통 한곳에 쏠려 있는 사람처럼 여자를 채근했다. 어떤 날에는 귀가한 여자가 신

발을 채 벗기도 전에 현관문으로 달려와 오늘은 생각이 바뀌었느냐고 물었다. 질문은 때때로 새로운 농담이나 습관처럼 보였다. 어떨 때는 진심으로 그녀의 치아 상태를 걱정하는 것 같았다.

여자는 계속되는 설득에 마음이 기울기도 했다. 흔들리는 어금니가 끼니마다 그녀를 괴롭혔기 때문이다. 한쪽으로만 밥을 씹던 습관은 쉽게 고쳐지지 않았다. 여자는 매번 왼쪽으로 몰아넣은 음식물을 오른쪽으로 옮겨 씹으며 약간의 자괴감을 느꼈다. 밥을 먹을 때마다 신경을 쓰다 보니 자주 체했고, 그게 싫어 종종 식사를 거르는 일도 생겼다. 밤새 위가 불편한 날에는 악몽에 시달리기도 했다.

그럼에도 여자는 교정을 하자는 남자의 말에 쉽게 동조할 수 없었다. 그것은 그녀로 하여금 여태까지 한 번도 상상해본 적 없는 방향으로 발을 내딛는 듯한 느낌을 주었다. 여자는 그들의 삶에 그녀의 치아보다 중요한 것들이 많다고 믿었다. 그것들은 계속해서 늘어날 예정이었다. 그러니 큰 변화가 없는 이상 그들은 지금처럼 살아야 했다. 여자는 그러한 생활이 그들의 삶을 단단하게 만들어주리라 여겼다.

*

치과에 다녀온 지도 보름이 지났다. 그들은 퇴근 후 밖에서 만나 오랜만에 외식을 했다. 좋은 분위기는 집에 돌아온 이후에도 이어졌다. 남자는 침대에 누워 그녀에게 입을 맞췄고 팔로 허리를 부드럽게 감싸 안았다. 여자의 입이 살며시 벌어졌다. 따듯한 숨결이 입에서 입으로 전해졌다. 그녀가 그에게 몸을 붙였다. 그때 갑자기 그의 입술이 떨어져 나갔다. 남자의 입에서 교정에 대한 언급이 새어나왔다. 남자는 이제 치과 의사가 말한 범위를 넘어, 어딘가에서 알아 온 신빙성 없는 이야기로 그녀를 설득하려 들었다. 끝날 기미가 보이지 않는 말들이 이어졌다. 웃어넘기던 그녀는 그가 방금까지 무엇을 하고 있었는지도 잊은 채 열을 올리자 슬슬 짜증이 났다.

"정말로 그렇게 생각해?"

그녀의 말에 남자가 침대에서 몸을 반쯤 일으켰다.

"당신한테 좋은 일이잖아."

여자는 말없이 남자를 올려다봤다. 조명을 등지고 있어 남자가 어떤 표정을 짓고 있는지 잘 보이지 않았다. 여자는 고개를 내저으며 말했다.

"아니야. 당신은 지금 중요한 걸 놓치고 있어."

"내가 뭘?"

"우리 미래 말이야."

"그 돈을 좀 쓴다고 해서 우리 미래가 없어지지는 않아."

"그렇게 써대다가는 곧 없어지고 말걸."

여자는 그에게서 고개를 돌리고 반대편으로 돌아누웠다. 남자가 뒤에서 그녀의 어깨를 잡았다.

"그렇지 않아. 여보, 날 좀 봐. 우린 괜찮을 거야."

"교정을 한다면 말이지."

"걱정하지 말고 날 좀 보라니까."

여자의 입에서 한숨이 새어 나왔다.

"제발 좀 그만할 수 없어?"

남자는 한동안 그녀의 뒷모습을 바라보다 방을 나갔다. 여자는 문이 닫히는 소리를 들으며 흔들리는 어금니를 혀로 핥았다. 치아의 미묘한 움직임에 집중하다 보니 혀뿌리까지 저릿했다. 손가락을 넣어 만져보았다. 어금니의 흔들림이 전보다 크게 느껴졌다.

그날 이후로 남자에게서 교정에 대한 말이 나오지 않자, 여자는 결국 그가 고집을 꺾은 것이라 생각했다. 그런데 남자가 입을 다문 건 교정에 관해서만이 아니었다. 새로 끓인 국의 간에 대해 묻거나 결혼을 준비 중인 지인에 대해 물어도 남자는 성의 없는 대답이나 무심한 태도로 일관

했다. 남자는 무척 화난 것처럼 보이기도 했고 심각한 고민에 빠진 사람처럼 보이기도 했다.

어느 주말에는 남자가 점심을 먹고 방에 들어가더니 해가 지도록 밖으로 나오지 않았다. 여자는 방문을 두드렸다. 문은 잠겨 있었고 안에서는 숨소리조차 들리지 않았다. 두 번째로 문을 두드렸을 때, 그녀는 방문에 귀를 대고 있었다. 발소리가 문가로 다가왔다. 남자는 한참 만에 왜, 라며 퉁명스럽게 대답했다.

"저녁 먹어야지."

"먼저 먹어."

"여보, 우리 얼굴 보고 얘기하자."

방 안에서는 아무런 답이 없었다. 식탁에는 데워놓은 국이 식어가고 있었다.

"제발 날 좀 내버려 둬."

남자가 우울한 목소리로 말했다. 여태 날 내버려 두지 않은 건 당신이잖아. 여자는 마음속으로 그렇게 답했다. 화가 난다기보다 당혹스러웠다. 그의 태도는 그녀를 질타하고 있는 것으로 보였으나 무엇 때문에 이렇게까지 구는지 알 수 없었다. 그녀는 곰곰이 그간의 상황을 되짚었다. 교정 때문만은 아닐 터였다. 그렇다고 하기엔 분명 지나친 감이 있었다.

그녀의 잘못과 그녀의 잘못이 아니었던 순간들이 눈앞을 스쳐 지나갔다. 그러나 그런 것들은 이제 중요하지 않았다. 설혹 그 당시에는 중요했을지 모르지만, 이제 와 잘잘못을 따지기엔 무의미했다. 여자는 떠오르는 기억을 애써 무시하며 이를 꽉 다물었다. 아차, 하는 순간에 어금니의 모서리가 이물질처럼 치아 사이에 맞물렸다.

여자는 홀로 식탁에 앉아 저녁을 먹었다. 밥이고 반찬이고 모두 식어 미지근했다. 여자는 국에 밥을 말아 대충 씹어 삼켰다. 밥알이 입안 이곳저곳에 달라붙었다. 미세한 통증이 어금니를 중심으로 조금씩 퍼져나가고 있었다. 뜨거운 국을 단숨에 삼킨 것처럼 목 안쪽까지 열기가 느껴졌다.

남자는 그녀가 밥을 다 먹을 때쯤에야 밖으로 나왔다. 여자는 그의 시선을 느끼며 손으로 눈가를 쓸어내렸다. 남자가 옆으로 다가와 준비한 것 같은 말을 어색하게 내뱉었다.

"당신이 내 진심을 무시하는 것 같아서 화가 났어."

여자도 할 말이 있다는 듯 입을 벌렸다. 하지만 미처 무슨 말을 꺼내기 전에 그가 재빨리 말을 이었다.

"난 정말 걱정돼서 그러는 거야."

남자가 그녀의 손을 잡았다. 그녀는 그가 도대체 무엇을 걱정하고 있는지 알 수 없었다. 악몽에 시달리는 것도, 흔들리는 어금니 때문에 밥을 제대로 먹지 못할 만큼 신경 쓰는 것도 그녀였다. 그럼에도 남자는 이상하리만치 교정에 집착하고 있었다. 여자는 맞잡은 손을 물끄러미 바라보았다. 그의 손은 부드럽고 따뜻했다. 하지만 거의 힘을 주고 있지 않아, 그녀가 조금이라도 움직이면 쉽게 놓칠 것만 같았다.

"나를 좀 믿어줘."

남자의 목소리가 무척 다정해서, 그녀는 자신의 입에서 나올 말이 그가 원하는 답이어야 할 것만 같았다.

"알았어. 그렇게 할게."

남자가 그녀를 힘껏 껴안았다. 여자는 감정적인 그의 반응에 당황스러웠다. 남자가 상기된 얼굴로 말했다.

"내가 같이 가줄게."

남자는 그간 제대로 보지 못했던 그녀의 얼굴을 한꺼번에 몰아 보기라도 하듯 지그시 바라보았다. 여자는 그런 남자와 눈을 맞추며, 순간 그에게 다른 여자가 생긴 것은 아닌지 의심했다. 그러나 곧 웃어버렸다. 그녀가 아는 한 남편은 그럴 위인이 못 됐기 때문이다.

*

며칠 후 그들은 다시 치과를 찾았다. 의사는 잘 생각했다며 그들을 독려했다. 데스크에 있던 간호사가 여러 목록이 담긴 서류를 보여주며 교정에 들어가는 비용에 대해 설명했다. 비용은 이전에 의사가 말했던 대략적인 금액보다 조금 더 높았다. 그녀가 거기에 대해 짚고 넘어가자, 간호사는 그 가격이 일시불로 현금 결제를 할 시에만 가능하다고 안내했다.

"원장님이 비용에 대해서는 잘 모르세요."

간호사는 그렇게 말하며 상냥하게 웃어 보였다. 붉은빛의 입술과는 대조적으로 가지런하고 관리가 잘 된 흰빛의 치아가 드러났다. 여자는 원장의 무지가 의도된 설정 같다고 느꼈고 속물적이라고 생각했다. 교정 기간은 유동적이었다. 잘하면 1년이 될 수도 있고 중간에 사랑니가 나는 등 변수가 생기면 좀 더 길어질 수도 있다고 했다.

여자는 좀처럼 가만히 있지 못하고 병원 구석구석을 살펴보았다. 원장의 약력이 적힌 액자가 눈에 들어왔다. 여자는 원장이 나온 대학부터 그가 소속된 치과 협회의 명칭까지 꼼꼼히 읽어 내려갔다. 남자는 그녀의 시선이 다른 곳을 향하고 있다는 것도 모른 채, 간호사가 준 차트에 신경을 집중했다. 여자는 자신들의 결정을 믿지 못하겠다는 듯 불안한 눈빛으로 남자를 바라보았다. 남자는 그녀의 손 위로 자신의 손을 포갰다. 맞댄 부분은 시간이 지날수록 땀으로 축축하게 젖어갔다. 상황은 그녀가 결심했든 하지 않았든 간에 빠르게 흘러갔다. 천만 원 가까이 드는 교정 비용은 먼저 반 정도를 선불로 치르고 그다음 진료부터 소정의 수수료를 포함하여 다달이 나눠 내기로 정했다.

간호사가 첫날에는 치아의 본을 뜬다고 설명했다. 교정이 끝난 뒤 이전의 치아 상태를 보면 모두들 하길 잘했다고 입을 모아 칭찬한다고 했다. 그때는 어떻게 그러고 살았는지 모르겠다며 고개를 내젓는 사람도 있다고 했다. 간호사는 여자를 데리고 진료실로 자리를 옮겼다. 남자는 그녀가 사라진 방향에 눈길을 두고 있다가 대기실 테이블에 비치된 신문을 들춰 보았다.

*

여자는 진료 의자에 누워 입을 커다랗게 벌렸다. 곧 차갑고 축축한 덩어리가 아랫니 전체를 감쌌다. 간호사가 입이 아닌 코로 숨을 쉬라고 했다. 입안에서 딱딱하게 굳은 덩어리가 장갑 낀 손에 의해 세차게 움직였다. 여자의 얼굴이 간호사의 손길에 따라 이리저리 돌아갔다. 턱이 빠질 것처럼 덜컥거렸다. 굳은 덩어리 아래로 어금니가 덜그럭거리는 게 느껴졌다. 그녀의 입에서 희미한 신음이 흘러나왔다. 곧 분홍색 덩어리가 아랫니에서 떨어져 나왔다. 여자는 손가락을 들어 입안 깊숙이 찔러 넣었다. 생각과 달리 어금니는 뽑히지도, 크게 움직이지도 않았다. 여자는 지금의 불안이 낯설지만은 않았다. 어쩌면 그것이 앞으로 일어날 일에 대한 예감일지도 모른다는 생각이 들 때쯤, 간호사는 같은 작업을 윗니에 한 차례 더 시행했다.

본을 뜨는 작업이 끝나자 간호사는 여자를 상담실로 안내했다. 남자는 그녀보다 먼저 와서 의사의 설명을 듣고 있었다. 조금 뒤 의사의 책상 위에 완성된 치아 모형이 올라왔다. 거기에는 잇몸과 치아의 경계는 물론, 치아의 결과 덧씌운 부분까지 전부 드러나 있었다. 의사는 치아 모형을 가리키며 그녀가 현재 하위 몇 퍼센트의 부정교합을 지니고 있고, 그런 수치를 가진 치아가 교정을 통해 상위 몇 퍼센트의 교합으로 발전하게 되는지 설명했다. 그들은 한동안 그녀의 치아 모형을 바라보았다.

여자는 의사가 자신이 아닌 다른 사람에 대해 말하고 있는 것 같다고 느꼈다. 상담 이전까지만 해도 스스로의 치아에 문제가 있다고 생각한 적이 한 번도 없었기 때문이다. 여자는 자신이 얼마나 약하고 못생긴 치아를 가졌는지 깨달았다. 의사는 치료가 빠를수록 좋으니 오늘은 아래턱에 있는 소구치 한 쌍을 함께 발치하면 좋겠다고 했다.

"오늘이요?"

"사실 아랫니를 빼는 게 가장 시급합니다. 공간만 확보하면 어금니가 흔들리는 간격도 서서히 줄어들 거예요."

여자는 한 번도 말썽 피운 적 없는 멀쩡한 이를 뽑는다는 게 어쩐지 불안했다. 그것도 이미 흔들리는 이 때문에. 이 단계를 지나면 다시는 돌이킬 수 없으리라는 생각이 머리를 어지럽혔다. 남자는 괜찮을 거라고 말했다.

"조금만 참으면 돼. 마취한다니까 안 아플 거야."

여자는 아까부터 남자가 같은 말만 반복한다고 느꼈다. 괜찮을 거라는 그의 말은 여자가 겪을 모든 일을 별거 아닌 일로 치부하는 것 같았고 조금도 위로가 되지 못했다.

*

그들은 간호사의 안내에 따라 대기실로 자리를 옮겼다. 남자는 조금 전까지 읽다 만 신문을 펴 들었다. 여자는 혀로 어금니를 건드렸다. 어금니는 여전히 조금이지만 확실하게 흔들리고 있었다. 그 순간만큼은 어금니의 미세한 움직임뿐, 아무런 생각도 나지 않았다. 옆에 앉은 그가 소란하게 신문을 넘겼다. 여자는 혀의 움직임을 멈추고 그의 옆모습을 바라보았다. 치과에 오고 나서부터 순간순간 불안이 치밀어 오르던 자신과는 무관하게 평온해 보이는 그의 옆모습을 보자 모든 것이 급속도로 불확실해지기 시작했다.

"여보, 나 정말 이걸 해야 하는지 모르겠어."

여자의 말에 남자는 보고 있던 신문을 접어 테이블에 올려놓았다. 그녀는 불안한 표정으로 그의 입을 쳐다보았다. 알았다고, 괜찮다고 말하며 그녀의 등을 쓸어내리리라 여겼다. 여자가 아는 남편은 그럴 수 있는 사람이었다.

오랜 침묵 끝에 남자가 입을 열었다.

"그럼 그만두자."

그건 분명 그녀가 바라던 대답이었다. 그런데 막상 답을 듣자 그녀는 괜찮지 않았다. 남자가 마치 무언가를 포기하거나 잃기라도 한 사람처럼 보였기 때문이다.

"정말이야?"

여자의 물음에 남자는 스스로에게 하는 말처럼 힘주어 대답했다.

"그래. 우린 괜찮을 거야."

여자는 어쩌면 지금까지 그의 모든 말들이 그런 식이었던 걸지도 모른다고 생각했다. 땀이 배어 나오는 손바닥을 몇 번이나 옷에 닦았다. 여자는 이제 그가 괜찮지 않다는 걸 알았다. 남자는 무언가를 참고 있는 사람 같았다. 다른 이들은 몰라도 그녀는 알 수 있었다. 하지만 그만큼 모르겠다는 생각이 들었다. 여자는 남자가 무엇을 참고 있는지 알지 못했다. 여자는 저도 모르게 이 사이로 윗입술을 끌어당겼다. 남자가 곤경에 빠진 사람처럼 그녀에게서 고개를 돌리며 말했다.

"제발 그러지 좀 마."

순간 여자가 이 사이에 있던 윗입술을 깨물었다. 손끝을 입술에 대자 피가 묻어 나왔다. 여자는 당황한 얼굴로 자신의 손을 바라보았다. 잠시 망설이던 남자가 휴지를 뽑아 그녀의 입술을 닦아주었다. 그의 손길에 여자의 어깨가 움츠러들었다.

"그만 집에 가자."

말을 마친 남자가 진료실 입구를 바라보았다. 간호사가 대기실 안으로 들어왔다. 남자는 간호사가 자신을 알아볼 때까지 그렇게 지켜만 볼 작정인 것 같았다. 간호사가 그들을 발견하고 가볍게 웃었다. 여자는 간호사의 입술 사이로 비치는 고르고 하얀 치아에서 눈을 떼지 못했다.

남자가 자리에서 일어나 간호사에게 다가갔다. 여자의 시선이 그를 따라 움직였다. 그는 여자를 돌아보지 않았다. 여자가 자리에서 일어나 그 옆에 붙어 섰다. 여자의 손이 그의 팔에 닿았다. 그가 고개를 돌려 그녀를 바라보았다. 여자는 저도 모르는 사이 경직돼 있던 얼굴을 풀고 있는 힘을 다해 미소를 지어 보였다.

*

진료 의자에 누운 여자의 얼굴 위로 입 부분이 뚫린 수술용 천이 덮였다. 의사가 여자에게 입을 벌리라고 했다. 아랫잇몸의 왼쪽과 오른쪽으로 주삿바늘이 들어갔다. 호흡이 가빠지고 목에 힘이 들어갔다. 벌어진 입술 사이로 침이 흘러내렸다. 옆에 있던 간호사가 그녀의 턱 주변에 묻은 침을 닦아냈다. 아무것도 보이지 않아서 언제, 무엇이 입안으로 들어올지 가늠할 수 없었다. 그녀는 무언가 말하고 싶었는데, 굳은 턱이 움직이지 않았다. 벌어진 입으로 손 하나가 불쑥 들어왔다. 의사가 말했다.

"아프면 손을 들어 올리세요."

팔목을 붙들고 있는 손 때문에 여자는 꼼짝할 수 없었다. 침이 계속 흘렀는데 이번에는 아무도 닦아주지 않았다. 여자는 차가운 기구의 감촉을 느꼈다. 입안 전체가 덜컹거리는 것 같았다. 의사가 발치 기구에 무게를 싣고 왼쪽 소구치를 양옆으로 흔들었다. 단단한 호두가 박살 나는 것 같은 소리가 입안에 가득 찼다. 치아의 움직임은 무척 생생했다. 발치 기구의 움직임에 따라 왼쪽 소구치가 조금씩 각도를 넓혀가며 움직임을 키웠다. 그것은 산 채로 뽑혀나갔다. 텅 빈 자리에서 피가 흘러나왔다. 목 언저리로 시큼한 맛이 느껴졌다. 흡입기는 매번 반 박자 늦게 목구멍에 고인 피를 빨아들였다. 숨이 턱턱 막혔다. 의사가 코로 숨을 쉬라고 했다. 주먹을 쥔 그녀의 손이 부들부들 떨렸다. 숨을 내쉴 시간도 주어지지 않은 채, 의사가 또 한 번 반대쪽 치아에 힘을 실었다. 피가 입안 이곳저곳으로 흐를 때마다 쓰고 아린 맛이 났다. 찌억찌억 소리를 내며 치아가 갈라졌다. 날카로운 송곳으로 입안을 마구 찌르는 것도 같았고, 불에 달군 쇳덩이를 물고 있는 것도 같았다. 그녀는 정신을 차릴 수 없었다.

간호사가 그녀의 팔에서 손을 떼고 발치한 부위를 거즈로 틀어막았다. "앞으로 두 시간은 입을 꽉 다물고 있어야 해요." 간호사의 말에 여자는 안간힘을 쓰며 이를 악물었다. 턱이 힘없이 덜덜 떨렸다. 시야를 가리던 천 조각이 치워지자 눈이 부셨다. 두개골이 깨질 듯이 아팠고 어지러움에 몸을 가누기도 어려웠다. 피로감이 심해 꼼짝도 할 수 없었다. 의자가 바로 세워졌다. 여자는 앞에 선 간호사를 망연하게 바라보았다. 간호사가 방금 전 그녀의 입에서 뽑혀 나온 소구치 한 쌍을 보여주었다. 흘러나온 피보다 더

붉은 덩어리들이 치근에 엉망으로 얽혀 있었다. 치아의 뿌리는 예상했던 것보다 길고 굵었다.

*

여자는 자꾸만 다리 힘이 풀려 걷는 것조차 버거워했다. 마취가 풀리지 않아 흘러내리는 침도 인식할 수 없었다. 남자는 그녀 옆에서 휴지로 피가 섞인 침을 계속 닦아주었다. 여자는 피를 삼키지 못하고 입술 사이로 자꾸만 내뱉었다. 얼굴은 시간이 지날수록 창백해졌다.

버스를 기다리며 남자는 그녀의 어깨에 팔을 둘렀다. 여자가 그의 가슴에 머리를 기댔다. 거즈 때문에 입을 열 수 없어서, 핸드폰에 글을 적어 그에게 보여주었다. 자판을 누르는 손이 후들거려 자꾸 오타가 났다.

온몸이 두들겨 맞은 것처럼 욱신거려.

남자가 자상하게 말했다.

"집에 가서 마사지해줄게."

여자가 희미하게 미소 지었다. 분명하지 않은 미소였지만 남자는 안심했다. 여자가 곧 좋아지리라 믿었다. 그녀의 시선은 그의 눈 아래 어딘가에 가닿아 있었다. 남자는 피가 묻어 붉게 갈라진 그녀의 입술 위로 길게 입을 맞췄다.

여자는 혀로 어금니를 더듬었다. 미끄러진 혀가 거즈 밑의 발치된 치아 자리를 핥았다. 그 속에서 아직도 피가 흘러나오고 있었다. 구멍은 여자의 생각보다 깊었다. 타액이 섞인 피가 혀끝에 묻어났다. 여자는 그의 입안으로 혀를 밀어 넣었다. 그들의 몸이 조금씩 밀착됐다. 발치된 자리에서 흘러나온 피가 턱 끝으로 흘러내렸다. 축축하고 서늘한 기운이 몸 전체로 퍼져갔다.

버스는 그들의 예상보다 늦게 도착할 예정이었다.

● 윌슨과 그의 떠다니는 손

윌슨과 그의 떠다니는 손
『21세기 문학』 2016년 가을호

방직 공장을 운영하던 윌슨은 어느 겨울 불의의 사고로 한쪽 손을 잃었다. 하필이면 그날, 담당 주임은 감기가 심해 조퇴를 했고 잘 돌아가던 직조기가 말썽을 부렸다. 밤 늦게까지 장부를 정리하던 윌슨만이 기계가 멈춘 것을 알았다. 밖으로 나가보니 야간근무를 하던 직원들은 새벽에 나갈 물량을 쉴 새 없이 포장하고 있었다. 직조기를 살피던 윌슨은 곧 해결 방법이 아주 간단하다는 것을 깨달았다. 중간에 뭉쳐 있는 실을 끊은 뒤 끄집어내면 그만이었다. 그 정도 일은 그도 해본 적이 있었다. 실뭉치에 이가 걸린 기계는 완전히 멈춰 있는 듯했고 그는 불행히도 큰 주의를 기울이지 않았다. 뭉친 실을 끊어내는 것과 동시에 왼손이 기계로 말려 들어가 순식간에 으깨졌다. 윌슨의 끔찍한 비명을 듣고 직원들이 모여들었다. 그때 윌슨의 눈은 자신의 왼손을 순식간에 삼켜버린 직조기 너머에 고정되어 있었다.

윌슨은 직원들의 도움으로 병원에 이송됐고, 이후로 다시는 자신의 왼손을 볼 수 없었다. 그는 손을 잃은 절망감에 여러 번 남은 생을 포기하려 했다. 그리고 두 번의 심각한 자살 시도 끝에, 자신의 사라진 손이 신체의 남은 부분까지 없애는 걸 두고 보지 않기로 아내와 약속했다. 그러나 윌슨의 사라진 손이 다시 그를 찾아오리라는 것은 부부 중 누구도 예상하지 못한 일이었다.

그날, 윌슨은 차가운 콜라로 가득 채운 유리잔을 테이블에 두고 '올해의 유행 패턴'에 관한 기사를 읽었다. 윌슨은 사고 후 방직 공장 일을 아내에게 일임했고 대부분의 시간을 집에서 보냈다. 그는 한쪽 손이 없는 채로 거리에 나가는 것을, 정확히는 그런 자신을 바라보는 세간의 시선을 두려워했으므로 여름이 되면 더욱 집 안에 틀어박혔다. 윌슨은 잡지에서 눈을 떼지 않은 채 식탁으로 손을 뻗었다. 유리잔의 물기와 냉기가 손바닥 가득 느껴졌다. 그는 깜짝 놀라 오른손에 든 잡지를 내려놓았고 유리잔으로 눈을 돌렸다. 잔은 여전히 차가운 김을 뿜어내며 그곳에 있었다. 왼손이 있어야 할 자리는 여전히 비어 있었다. 하지만 윌슨은 그의 왼손이 물기로 축축하게 젖은 것을 느꼈다. 그는 자신이 지금 무엇을 하는지도 알지 못한 채 유리잔을 향하여 천천히, 보이지 않는 왼손을 움직였다.

같은 날, 윌슨 부인은 공장에 생긴 자잘한 문제로 퇴근 무렵에는 녹초가 되었다. 그녀는 집으로 가는 길에 빵집에 들러 아침에 먹을 식빵과 주스를 샀다. 마감 직전에 산 빵은 오늘 구운 것이 분명한데도 차갑게 굳어 있었고, 유기농 주스 병에는 갈린 토마토가 바닥에 침잠해 있었다. 차를 운전해 시내를 빠져나가자 자잘한 돌이 널린 흙길에 차체가 심하게 흔들렸다. 부부는 사고 이후 도심에 있던 집을 팔고 교외 지역으로 이사했다. 집 근처에 도착한 그녀는 전조등에 비친 윌슨의 얼굴을 보고서야 정신을 차렸다. 밤이라 하더라도 남편이 반소매셔츠만 입고 밖을 나온 것은 처음 있는 일이었다. 윌슨은 흥분을 가라앉히지 못한 표정으로 아내에게 다가왔다.

"여보, 내 왼손이 돌아왔어!"

*

윌슨 부인은 피로한 얼굴로 남편 몰래 한숨을 쉬었다. 시간은 다시 그녀의 남편이 불행한 사고를 당한 직후로 돌아간 듯했다. 그때 윌슨 부인은 그들이 다시는 이전처럼 살 수 없으리라 예감했다. 그녀는 절대로 믿고 싶어 하지 않았으나 남편의 정신은 사고 이후 급속도로 허물어졌다. 월슨은 한동안 그때의 기억에서 벗어나지 못한 채, 거의 매일 밤 사고 당시에 관한 꿈을 꿨다. 꿈속에서 그의 손은 방직기계 사이로 속절없이 빨려 들어갔다. 월슨이 아무리 그 순간을 피하려 노력하고 설사 그것이 성공한다 해도, 꿈에서 깨고 나면 그 모든 노력은 무의미해졌다. 그렇다고 노력하기를 포기하기라도 하면 꿈속의 기계는 왼손을 삼킨 것에서 멈추지 않고 그의 온몸을 천천히 씹어 삼켰다. 꿈에서 깨어난 월슨은 자신의 불운을 저주하며 밤늦도록 잠들지 못했다. 그런 날 아침이면, 월슨 부인은 그녀의 손을 물끄러미 바라보는 남편에게 알 수 없는 공포를 느끼기도 했다. 하지만 그런 일들은 이제 과거가 되었다. 월슨 부인은 그렇게 믿었다. 그녀는 조금 전, 빵집에 들렀을 때만 해도 그런 시절이 과거가 됐다는 걸 믿어 의심치 않았다.

그리고 지금, 월슨 부인은 과거가 또다시 반복될지도 모른다는 불안감에 몸을 떨었다. 남편은 기대에 찬 표정으로 그녀를 바라보았다. 그는 오후에 자신이 겪은 경이로운 일에 관해 아내에게 털어놓았다. 월슨은 오랜만에 느껴본 왼손의 감촉에 무척 흥분해 있었다. 사고 이후 그녀가 배운 것이 있다면, 왼손에 관해서만큼은 월슨이 절대로 이성적

일 수 없다는 것이었다. 윌슨 부인은 그의 흥분이 머지않아 절망으로 바뀔 것을 알고 있었다.

윌슨은 혼자서 몇 번이고 반복했던 행동을 아내 앞에서 되풀이했다. 그는 '올해의 유행 패턴'에 관한 기사를 읽고 왼팔을 유리잔 가까이에 댔다. 미지근한 컵의 온도가 왼손을 통해 전해졌다. 윌슨의 얼굴이 흥분으로 가득 찼다. 아내의 눈에는 아무것도 보이지 않았기에, 그녀는 남편의 행동 중 어느 것 하나 이해하지 못했다. 보다 못한 아내가 유리잔을 집어 올리자, 윌슨이 비명을 질렀다. 당황한 아내가 고개를 들어 남편을 보았다. 그가 황망한 표정으로 아내를 바라봤다. 윌슨은 자신의 왼손이 그녀가 유리잔을 집어 올리는 순간 사라졌다고 했다. 아내는 그의 왼손이 이미 예전에 사라졌다고, 이제 이런 일을 그만해야 한다고 말하고 싶었다. 그러나 말은 차마 입 밖으로 나오지 않았다. 윌슨 부인은 남편이 그 사실을 스스로 깨닫기까지 기다려야 한다는 것을 알았다. 그저 눈만 뜨면 될 일인 것 같은데도 남편은 그것을 어려워했다. 그게 얼마나 어려운 일일지 가늠할 수도, 그를 이해할 수도 없었기에 윌슨 부인은 대부분의 순간을 지금처럼 인내해왔다.

윌슨 부인의 생각처럼, 그는 곧 눈을 떠 자신의 왼손이 있던 자리를 바라보았다. 이미 바닥을 친 것으로 알고 있

던 절망감이 또다시 그의 마음을 무겁게 내리눌렀다. 이제
는 없는 왼쪽 손목이 칼에 베인 듯 아려왔다. 아무리 주물
러도 오른손이 왼쪽 손목에 닿는 일은 없으리란 걸 알면서
도, 그는 왼팔 끝을 주무르길 멈추지 않았다.

　사고 이후 윌슨은 믹서로 야채를 가는 소리마저 견딜 수
없게 되었지만, 그때의 방직기계에 대해서만큼은 생생히
떠올릴 수 있었다. 그는 곧잘 손이 빨려 들어간 기계 너머
를 상상했다. 자신의 손이 완전히 분쇄돼 영원히 사라져버
렸다는 것을 믿을 수 없었기 때문이다. 그래서 그는 사고
이후에도 한동안 자신의 왼손이 돌아올지 모른다고 생각했
다. 꿈에서 깨어나는 것처럼, 어느 날 잠에서 깨어나면 손
이 다시 붙어 있거나 직조기 뒤 은밀하게 남은 공간에 형
체를 유지한 채 숨어 있을 것만 같았다. 사고를 일으켰던
방직기계가 이미 폐기됐다는 것을 알면서도, 기대를 버리
기까지는 많은 시간이 걸렸다. 그런데 그가 모든 희망을
버린 채 현실에 수긍하자, 왼손이 기적처럼 윌슨을 찾아온
것이다.

*

　왼손이 또다시 찾아온 것은 그로부터 며칠이 지난 후였

다. 이번에는 손이 있어야 할 자리보다 조금 먼 곳에서 발견됐다. 연결된 신경이 자는 도중 그것을 느꼈다. 차갑고 부드러운 가죽의 질감이 손끝에서 느껴졌다. 윌슨은 눈을 뜨지 않은 채 몸을 웅크리고 이불을 끌어 올렸다. 그때, 미지근한 바람이 손등을 스쳤다. 그는 잠결에도 그것이 자신의 왼손이라는 걸 알았다. 신기하게도 눈을 감으면 어디에 있는지 알 것만 같았다. 그래서 그는 눈을 뜨지 않았고 곧 손끝에서 느껴지는 차갑고 딱딱한 물체가 침실 한쪽 벽면에 있는 창틀이라는 것을 알았다. 그곳에서 불어오는 바람이 침대에 누워 있는 그의 머리칼을 흔들기도 전에, 왼쪽 손등을 스쳐 지나갔기 때문이다. 윌슨은 부풀어 오르는 희망에 가슴이 벅찼다. 그가 있는 침대에서 창문까지는 절대로 닿을 수 없는 거리였지만, 눈을 뜨고 바라보면 그곳에 그의 왼손이 버젓이 있을 것만 같았다. 그러나 눈을 뜨고 몸을 일으켰을 때, 보이는 건 반쯤 열린 창문뿐이었고 그의 왼손은 흔적도 없이 사라진 것이었다.

윌슨은 그의 왼손이 머지않아 다시 찾아오리라 믿었다. 그는 왼손에 관한 이야기를 누군가에게 털어놓고 싶어 했다. 윌슨은 몇 번이나 아내에게 말하려 했지만, 번번이 때를 놓쳤다. 윌슨은 그녀의 반응을 두려워했다. 그는 그녀가 하고 싶은 말을 참을 뿐, 속으로는 어떤 생각이든 할 수 있으리라 여겼다. 그녀의 생각 속에서 윌슨의 경험은 애처롭고 헛된 망상에 불과해질 것만 같았다.

그의 예상대로 왼손은 얼마 지나지 않아 또다시 그를 찾아왔다. 윌슨은 기쁨을 감추고 왼팔을 바라보는 것에 주의하며 자신의 의사와 상관없이 마음껏 움직이는 왼손의 행동을 즐겼다. 그는 왼쪽 손끝이 자신이 앉아 있는 소파나 창문에 매달아놓은 커튼과는 전혀 다른 종류의 사물을 만지고 있다고 확신했다. 윌슨은 이제 그의 왼손이 방 안 어디에도 갈 수 있으며, 심지어 방 밖까지 아무런 제재 없이 나아갈 수 있다는 것을 알았다. 그는 왼손이 만지고 있는 대상이 사물이 아니라는 걸 깨달았다. 그것은 부드럽고 따뜻했다. 그것은 움직이고 있었고 때때로 멈춰 섰으며, 다시 움직이기를 반복했다. 왼손은 점점 아래쪽으로 미끄러져 내렸다. 윌슨은 곧 그의 왼손이 만지고 있는 부분을 정확하게 알 수 있었다. 그것은 스타킹을 신은 여자의 다리였다.

그가 황급히 왼팔을 내려다보자, 왼손은 이번에도 자취를 감춘 채 손끝의 잔상만을 남겨두었다. 감촉은 익숙하면서도 낯설었다. 향기가 묻어 나올 만큼 부드럽고 가느다란 다리의 모양이 눈을 감으면 떠오를 정도로 생생히 그려졌다. 그는 아름다운 다리를 자랑하던 젊은 시절의 윌슨 부인을 떠올렸고, 그것이 아내의 다리라고 믿었다. 그러나 마음 한구석으로는 그것이 윌슨 부인의 몸이 아니라는 것을 알았다. 퇴근한 윌슨 부인이 잘 다려진 리넨 바지를 입은 모습을 보고, 그는 혼란과 죄책감이 뒤섞인 기분을 맛보았다.

그날 저녁 윌슨은 아내 몰래 그의 왼손을 찾았다. 마침내 왼손을 발견했을 때는 이미 한밤중이었다. 그는 왼손 옆에 한 여성이 누워 있는 것을 알았는데, 조금만 움직여도 살이 부딪힐 정도로 지나치게 가까이 있었다. 그러자 윌슨은 자기 옆에 누운 사람이 윌슨 부인인지, 낯선 여자인지 헷갈리기 시작했다. 그는 무의식적으로 고개를 뒤로 빼며 자신과 몸을 부딪치는 사람이 누구인지 알아내려 노력했다. 하지만 그가 몸을 뒤로 움직일수록 여자의 몸은 멀어지기는커녕 가까워졌다. 왼손은 그의 의사를 간단히 무시했다. 그는(그의 왼손은) 여자의 몸에 난 솜털을 만졌고 손목 안쪽과 겨드랑이, 가슴 아래와 무릎 안쪽에서 나는 희미한 살 냄새를 느꼈다. 그는 자신이 느낀 여자의 체취가 아내의 것일지도 모른다고 여겼으나, 느낌은 분명 낯설었다. 그에게 등을 보인 채 잠이 든 윌슨 부인은 면으로 된 잠옷을 입었고, 왼손 끝의 여자는 거의 아무것도 입지 않았다. 문제는 윌슨의 왼손이 아무리 여자의 몸을 더듬어도, 그녀가 도대체 누구인지 알 수 없다는 것이었다. 그러자 그

는 불현듯 화가 났고 여자의 작고 둥근 어깨를 세게 쥐었
다. 감촉이 얼마나 사실적이었는지, 윌슨은 벌떡 자리에서
일어나 주위를 두리번거렸다. 그리고 자신의 보이지 않는
왼손이 아직도 여자의 어깨를 잡고 있다는 것을 알았다. 그
러자 이번에는 또 다른 손이 그의 왼쪽 손등을 다정하게 감
쌌다. 그것은 낯선 여자의 손이었다. 윌슨은 그 생생한 감
촉에 불안한 흥분을 느꼈다. 옆에는 아무것도 눈치채지 못
한 그의 아내가 조용히 숨을 내쉬며 자고 있었다.

*

이후로 윌슨은 아내가 없는 낮의 대부분을 그의 왼손
을 쫓는 데 쏟아부었다. 왼손은 고양이처럼 제멋대로 곁을
떠나 있다가 마음 내킬 때 돌아왔다. 그럼에도 윌슨은 그
의 왼손이 하는 행동을 스스로 제어할 수 있으리라 여겼
고, 곧 그렇게 되리라 믿었다. 예를 들어 그의 왼손이 처음
으로 차가운 콜라 잔을 집었을 때나 어딘가에 있는 여성의
어깨를 감싸 쥐었을 때, 그는 그것이 자신의 의지라 여겼
다. 하지만 실제로 윌슨이 자신의 왼손을 제 손처럼 다루
는 것은 쉬운 일이 아니었다. 윌슨의 떠다니는 왼손은 그
와 떨어져 있던 사이 하나의 독립된 개체가 되기라도 했는

지, 의지가 있는 사람처럼 그가 모르는 곳을 가고 그가 한 번도 보지 못한 이들 사이를 거닐었다. 윌슨은 왼손의 행방이 묘연할 때마다 불안에 떨었고, 곁에 있을 때는 그것이 여전히 자신의 소유라는 것을 증명하듯 무언가를 들어 올리기에 바빴다. 물론 보이지 않는 왼손은 제 기능을 하지 못했지만 윌슨은 실망하지 않았다. 왼손은 그가 바랄 때마다 옆에 있지는 못해도 좀 더 근사한 일을 해낼 수 있었다. 그는 집 밖을 나가지 않아도 따뜻한 햇볕의 감촉을 느꼈고, 비가 내려 축축하게 젖은 숲의 청량함을 맛보았다. 그리고 무엇보다 윌슨이 비밀스럽게 기대하고 있는 것은 그의 왼손이 끊임없이 찾아가는 한 여자에 대한 것이었다.

그간의 꾸준한 노력을 통해 윌슨은 그의 왼손이 여자와 함께 사는 것을 알았다. 그들의 집은 시내에 있는 건물 2층이었고, 현관문은 계단 바로 왼편에 있었다. 윌슨은 이러한 사실을 그의 손을 스치는 사람들이 입은 옷의 재질과(그는 옷의 재질과 마감처리의 방식이 그들의 직업과 생활 수준을 반영한다고 믿었다.) 지역의 날씨, 계단 난간을 붙잡은 손의 일정한 움직임을 통해 알아낼 수 있었다. 집중이 필요한 일이었고, 그렇게 오후를 보내고 나면 쉽게 녹초가 되곤 했다. 외출 횟수는 이전보다도 줄었다. 집에 들어온 윌슨 부인은 피곤한 얼굴로 소파에 앉아 있는 남편을 볼 때마다 어디에 다녀오기라도 한 것이냐고 물었다. 그는 언제나 아무 데도 가지 않았다는 말을 자신 없게 내뱉었다. 그런 날들이 계속됐다.

어느 밤, 윌슨은 흥분에 찬 눈으로 잠든 아내를 바라보았다. 그의 왼손이 여자의 풍만한 가슴을 주무르고 있을 때였다. 윌슨은 애써 자신의 왼손을 무시하려 했지만, 그럴수록 왼손의 감각은 더욱 생생해졌다. 아내는 그의 옆에서 깊이 잠이 들어 있었다. 윌슨은 오른손을 뻗어 아내를 안고 그녀의 가슴을 만졌다. 그가 기억하는 한, 한때 아내의 가슴 또한 여자의 것과 그리 다르지 않았으며 아름다웠다. 그러나 세월이 흐르면서 조금씩 빠진 살은 그가 생각했던 그녀의 아름다운 부분들까지 줄어들게 했다. 그의 눈에는 이제 윌슨 부인의 머리에 난 새치와 깊이 파인 목의 주름 같은 것들이 적나라하게 보였다. 그에 비해 여자의 살집 있는 허벅지와 탄력적인 엉덩이는 얼마나 화사한 것인지……. 그는 윌슨 부인이 잠에서 깨어나지 않은 것을 다행으로 여기며 아내에게서 몸을 돌렸다.

하지만 그는 윌슨 부인의 몸과 얼굴에 드리운 세월의 그림자가 어떻게 만들어졌는지 누구보다도 잘 알고 있었다. 그가 사고를 겪기 전의 윌슨 부인이 얼마나 아름다웠는지, 싱그러운 웃음과 다정한 말투에 얼마나 많은 사람이 그녀에게 매료되었는지, 그는 알고 있었다. 사고 이후로 윌슨 부인은 예전처럼 사장의 아내로만 지낼 수는 없었다. 윌슨 부인은 캐시미어와 실크로 만든 블라우스 대신 세탁이 수월한 작업복을 입었고, 입이 건 사내들에게 우습게 보이지 않기 위해 길고 부드러운 머리칼을 짧게 잘랐다. 다행히 윌슨 부인의 장사 수완은 남편의 것보다 좋아서 사고가 일어난 이후에도 방직 공장의 일거리는 끊이지 않았다. 윌슨이 용기를 내 일을 시작하더라도, 다시 제자리를 찾을 수 있을지 장담할 수 없을 정도였다. 공장 복귀를 바라는 아내의 재촉도 이제는 격려 차원으로 들릴 뿐이었다. 그는 방직 공장에서의 고된 일들이 윌슨 부인의 성적 매력을 감소시켰다고 생각했다.

반면 윌슨 부인은 둘 사이의 성적인 긴장감이 완전히 풀어진 이유가, 사고 이후 남편이 모든 일에 자신감을 잃었기 때문이라고 여겼다. 그녀는 남편에게 지속적인 신뢰를 보이며 그와 그들의 관계가 예전과 다르지 않다는 것을 보여주려 했다. 그러나 윌슨 부인이 생활에 적극적으로 되어갈수록 윌슨은 자꾸만 제자리에 멈춰 섰다. 그녀는 과거의 남편이 자신을 얼마나 원하고 갈망했는지, 그의 왼손이 그녀의 얼굴과 다리를 어떻게 만졌는지, 여전히 기억하고 있었다. 윌슨 부인은 때때로 남편과 사랑을 나누었던 과거를 그리워했는데, 그는 번번이 예전으로 돌아갈 준비가 되어 있지 않은 듯했다.

*

시간이 지날수록 윌슨과 그의 왼손, 그리고 여자는 서로에게 익숙한 사이가 됐다. 그는 더 이상 그녀가 낯설지 않았고, 이제는 애틋한 마음마저 들었다. 그것은 아마, 그의 왼손이 아주 조심스럽고 다정하게 그녀의 몸을 쓰다듬었기 때문일 것이다.

윌슨은 이제 여자의 몸에 대해 그녀 자신보다 더 잘 알고 있는 것만 같았다. 그녀의 발뒤꿈치에 박인 굳은살과 오른쪽으로 약간 기울어진 몸의 균형, 왼쪽 손등을 가로지르는 튀어나온 핏줄과 지나치게 바깥쪽으로 휘어진 엄지손가락까지. 그녀의 몸에 대해서라면 모두 알고 있었다. 그러나 한편으로 윌슨은 그녀에 대한 어떤 정보도 없었다. 하다못해 나이와 이름도 몰랐다. 그의 왼손은 그녀와 살고 있었지만 정작 윌슨은 그녀가 무슨 일을 하고, 어떤 직장에 다니는지 알지 못했다. 그녀의 옷은 고급 실크 원단에서부터 마감처리가 잘못된 싸구려 폴리에스터까지 종류가 다양했다. 윌슨은 자주 그녀의 모습을 상상했다. 코앞에서 보는 얼굴과 몸의 부분이 아닌, 그녀 전체에 대해 생각했다. 그의 왼손이 여자의 입술 산과 눈썹이 난 결을 부드럽게 쓰다듬었다. 윌슨은 애써 여자의 얼굴을 그려보았지만 완성된 모습은 전혀 그녀 같지 않았다.

윌슨은 그녀의 숨결과 피부의 감촉을 손이 아닌 자신의 몸과 입술을 통해 느끼고 싶었고, 그녀와 그의 왼손이 어떤 곳에서 살고 있는지 알고 싶었다. 그의 감정은 이제 호기심의 범주를 넘어서 사랑에 가까워지고 있었다. 그는 인정하려 하지 않았지만 징조는 그의 몸 이곳저곳에서 나타났다. 그의 몸은 이제 공간의 차원을 넘어서 왼손 끝에 오감을 집중했다. 그는 왼손 끝으로 그녀의 체취를 맡고 싶어 했고 몸의 움직임을 보고 싶어 했으며 그녀의 목소리를 듣고 싶어 했다. 그래서 윌슨의 몸은 하루에도 몇 번씩 그의 왼손이 가는 방향으로 이동했고, 정신 또한 눈앞이 아닌 손끝을 향해 갔다. 그는 점점 생활을 잃었다. 그의 머리와 몸과 오른손이 있는 세계는 보잘것없는 가짜나 늙고 오래된 과거 같았다. 윌슨은 때때로 자신이 불행한 과거에서 벗어나지 못하는 이유를 그의 아내와 공장과 집에서 찾아냈고, 그의 왼손이 가진 삶이 자신이 살아야 할 진짜 삶일지도 모른다고 생각했다. 그에 따르면 일상의 모든 문제는 그녀를 만나고서야 비로소 해결될 것만 같았다. 이러한 윌슨의 태도는 너무나 확고해 얼핏 그가 당장에라도 그녀를 찾아낼 수 있을 것 같은 착각을 불러일으켰다.

하지만 사실은 전혀 달랐다. 윌슨에게는 여자에 대한 아주 작은 단서밖에 없었고 그마저도 촉각에 의지한 것이 전부였다. 물론 윌슨의 촉각은 그의 직업적 특성에 의해 일반인보다 뛰어났으며, 오차 범위도 적었다. 그렇지만 그가 열거하는 특성에 부합하는 여자는 많았고, 그보다도 독특한 특성은 육안으로 분간해낼 수 없는 은밀한 것이었다. 설사 운이 좋아 그녀가 사는 동네를 알아낸다고 하더라도, 윌슨이 그녀를 찾는 방법은 그녀를 만지는 것 말고는 없었다.

이러한 눈에 띄는 문제들로 인해 윌슨은 여자를 거의 포기할 수밖에 없었다. 어떤 우연이 찾아와 그녀를 만나게 되는 일은, 그의 왼손이 윌슨에게 돌아온 것보다 어려워 보였다. 그런 생각들은 윌슨에게 커다란 고통을 주었다. 더는 여자를 만나고 싶지 않았다. 그들의 관계는 완전하지 않았다. 눈앞에 없는 대상을 만지고 사랑하는 것은 그에게 끝없는 절망감을 주었다. 그는 자신의 눈이 멀어버린 것과 다름없다고 생각했으며, 온몸이 묶여 있는 거나 마찬가지라고 여겼다. 어떨 때는 자신의 의지와 상관없이 그녀의 몸을 만지는 왼손에게 질투를 느끼기도 했고, 그것과 연결된 신경이 영영 끊어져도 상관없다고 여기기도 했다.

그러나 왼손은 윌슨을 쉽게 놓아주지 않았다. 왼손은 윌
슨의 계속되는 노력에도 그의 의사를 비웃듯, 그녀와 사랑
을 나누었다. 그는 신문을 읽거나 텔레비전을 보다가도 불
현듯 짜증을 내기 일쑤였다. 어떤 때는 표정 없는 얼굴로
허공의 한 지점만을 뚫어지게 바라보기도 했다. 왼손이 익
숙해진 감촉의 거리를 지나 여자가 기다리고 있을 집으로
향했다. 문 앞까지 마중 나온 여자의 손을 부드럽게 잡았
다. 여자가 맞잡은 왼손은 분명히 그의 일부였지만, 윌슨은
그녀가 자신의 부분을 쥐고 전체를 가졌다고 생각할 것이
못 견딜 정도로 쓸쓸하게 느껴졌다.

　그의 불안한 감정 때문인지 아니면 그들 사이에 문제가
있던 것인지, 그 무렵 윌슨의 왼손과 여자 사이에도 자주
다툼이 일었다. 윌슨은 그녀가 그의 왼손을 자주 밀어내는
것을 느꼈고, 그녀의 어깨나 목이 잔뜩 경직돼 있다는 걸
알았다. 윌슨은 그들이 무엇 때문에 싸우고 있는지조차 알
수 없었다. 그들의 관계에서 윌슨이 할 수 있는 일은 없었
다. 왼손은 제멋대로 그녀를 구석에 밀치거나 억지로 손을
잡아끌었다. 윌슨은 자신의 왼손을 통제할 수 없었다. 그것
은 마치 왼손과 그녀의 연애에 자신이 끼어든 느낌을 들게
했기 때문에 그의 기분은 처참히 바닥까지 내려갔다.

　이런 식의 슬픔과 복잡한 감정들은 곧 윌슨 부인에게도

피해를 주었다. 전과 비교도 할 수 없을 정도로 무기력해진 윌슨은 아내와 생활에 대한 기본적인 대화마저 이어갈 수 없었다. 그가 이런 상황에 다다르기 전부터 지쳐 있던 윌슨 부인은 그나마 남아 있던 남편에 대한 애정을 잃어갔다. 사고로 인한 안쓰러움도 점차 희미해졌다. 윌슨 부인은 그의 부정적인 에너지가 그녀의 삶마저 망가뜨릴지도 모른다는 두려움에 전보다도 집에 머무는 시간을 줄였다.

사고 이전 그들의 삶은 여러 가지 행복의 가능성을 지니고 있었다. 그들에게 아이가 없었던 까닭은 서로만으로도 거의 완전할 수 있다고 믿었기 때문이었다. 때가 되면 아이를 가질 생각이었지만, 부부에게 그것은 급한 일이 아니었다. 그들은 주말마다 영화를 보러 갔고, 적어도 한 달에 한 번씩은 가까운 친구들과 함께 조촐한 모임을 열었다. 그때의 그들은 자신들이 아직 젊다고 여겼으며, 충실히 흐르는 세월보다 느리게 나이를 먹을 자신이 있었다. 그게 착각이었다는 건 사고가 일어난 이후에야 알았다. 그때만 하더라도 윌슨 부인은 그 불행한 사고가 남편을 이렇게까지 망가뜨릴 수 있으리라 믿지 않았다. 다음 주가 되면, 다음 달이 되면 그가 금세 기운을 차려 진짜 삶에 복귀하리라 생각하기도 했다.

윌슨 부인은 이제 그런 생각들이 부질없다는 것을 잘 알

앗다. 그녀는 만약 자신이 한쪽 팔을 잃는다고 하더라도 남편처럼 망가지는 않으리라 여겼다. 거기에는 남편에 대한 원망이 어느 정도 포함되어 있었다. 윌슨 부인이 그간 안간힘을 쓰며 유지해오던 남편에 대한 신뢰가 조금씩 무너져 내렸다. 그녀는 사고 이후 무기력해진 남편을 위해 자신이 한 희생에 대해 하루에도 몇 번씩 곱씹었고, 그때로 되돌아갈 수만 있다면 이번에는 다른 선택을 하리라 여겼다. 그때의 윌슨 부인은 자신에게 남은 선택지가 하나밖에 없다고 여겼다. 이제 와 돌이켜보니 그것은 잘못된 생각이었다. 그때만 해도 젊고 아름다웠던 그녀는 자신을 남몰래 짝사랑하던 남자 중 한 명을 택할 수도 있었다. 새로운 가정에서 아이를 가지고 평범한 가정주부로 살아갈 수도 있었다. 아니면 그 무엇도 선택하지 않은 채 홀로 자유롭게 살아갈 수도 있었다.

윌슨을 단단히 지지하고 있던 아내의 애정이 차갑게 식어가자, 그의 삶에 안팎으로 균열이 생겼다. 그동안 그가 깨닫지 못한 아내의 배려는 아주 사소한 부분에서부터 그의 생활을 지탱해주고 있었다. 말끔히 다려져 있던 셔츠가 부분적으로 구겨져 있기 시작했고 자주 먹던 식료품이 채워지지 않았다. 그가 매달 챙겨 보던 월간지도 더는 배송되지 않았다. 윌슨은 아내가 보내는 경고를 눈치채지 못하고 밤낮을 슬픔에 빠져 지냈다.

그의 다시 나타난 왼손과 여자에 대해 조금도 알지 못하는 윌슨 부인에게, 남편의 모습은 끔찍했던 지난 과거를 반복하는 것에 지나지 않았다. 윌슨 부인은 더는 남편을 위해 희생하고 싶지 않았다. 그녀의 몸과 마음은 그때처럼 의지에 차 있지 않았으며 앞으로 다가올 수많은 고난을 이겨낼 정도로 단단하지 않았다. 그녀는 지금의 자신이 그때의 무능력한 가정주부와는 다르다고 여겼다. 이제 그녀를 망설이게 하는 것은 사고 이전까지 윌슨과 함께했던 평범한 삶의 기억뿐이었다.

*

윌슨의 의도와는 다르게, 그의 왼손은 점점 폭력적으로 행동했다. 왼손은 집에 있는 가재도구를 아무렇지도 않게 내던졌고, 그것들은 때때로 여자를 겨냥하여 던져졌다. 이제 여자는 그의 손을 기다리기 위해 현관 밖으로 나오지 않았고, 문을 열어주지도 않았다. 하지만 여자의 행동은 왼손을 더욱 자극했고 큰 실랑이가 벌어졌다. 윌슨은 그러한 폭력에 휘말리고 싶지 않았으나 왼손은 그가 완전히 잠이 든 때를 기다리다 일을 벌이곤 했다. 그래서 그는 매일 밤 잠이 들 때까지 그녀가 자신을 떠날까 봐 두려워하는 동시에 그녀가 그의 왼손을 피해 도망가기를 바랐다. 그들은 이제 사랑하는 사이가 아닌 것처럼 서로를 물어뜯었다. 윌슨이 할 수 있는 건 기껏해야 자신의 손끝을 조금이라도 움직여, 여자가 그의 왼손이 던진 접시에 맞지 않기를 바라는 일뿐이었다.

윌슨은 왼손이 여자를 죽일지도 모른다고 여겼다. 그 두려운 생각에서 벗어나기 위해 윌슨이 택한 방법은 오히려 왼손에게 그의 삶을 내주는 것이었다. 그는 왼손이 잠을 잘 때 눈을 감았고 왼손이 식사를 할 때 끼니를 때웠으며 왼손이 샤워할 때 몸을 씻었다. 윌슨은 그런 방법만이 왼손에게서 여자를 지킬 수 있으리라 여겼다. 이제 윌슨에게 그의 나머지 몸이 있는 곳에서의 생활은 의미가 없었다. 그는 아무렇게나 먹었고 되는대로 잠을 잤다. 윌슨 부인에게까지 영향이 미칠 정도로 엉망인 생활이 지속됐다. 윌슨의 머릿속은 그의 왼손과 여자에 대한 것으로 꽉 차서, 미묘하게 달라진 아내의 태도와 표정도 알아채지 못했다. 그는 오히려 자신 옆에 부인만 없었다면 당장에라도 그녀에게 달려갈 수 있으리라 여겼다. 물론 마음 깊은 곳에서는 그 또한 아내가 무고하다는 것을 알았다. 그러나 윌슨은 여자를 찾아낼 수도, 구해낼 수도 없는 무력한 자신을 대신해 아내를 미워하는 방법을 택했다. 상황은 나아지지 않고 나빠져만 갔다. 그의 왼손은 여자와 끝낼 마음이 없어 보였지만, 관계는 회복될 기미가 없었다. 그건 윌슨과 아내의 사이 또한 마찬가지였는데 다른 점이 있다면 그가 여전히, 조금도 눈치채지 못했다는 것이었다.

그리고 그날이 왔다. 윌슨은 왼손이 잠이 드는 것을 확인하고 침대에 누웠다. 불규칙한 왼손의 수면 습관 때문에 제대로 된 잠을 자는 것이 무척 오랜만이었다. 윌슨은 자신의 왼손이 무엇인가를 힘을 주어 누르는 감각에 눈을 떴다. 말랑거리고 따뜻한 감촉이 한 손 가득 들어왔다. 여자의 목이었다. 그는 이제 왼손이 여자를 죽이려 한다는 것을 알아챘다. 날카로운 손톱이 그의 왼손을 긁고 아프게 꼬집었다. 왼손은 여자의 목을 조르는 일을 멈추지 않았다. 따뜻한 피가 손등을 타고 흘렀다. 윌슨은 장면을 실제로 보고 있기라도 한 것처럼 괴로워했다. 그는 제 옆에 누워 있는 아내도 인식하지 못한 채 울부짖었고 그러면 안 된다며 자신의 왼손에게 애원했다. 하지만 그의 왼손에 귀가 없기 때문인지, 아니면 들리지 않을 정도로 먼 거리에 있기 때문인지, 왼손은 윌슨의 부탁을 들어주지 않았다. 그는 결국 왼손에서 느껴지는 죽음의 형상을 예감하며 온몸으로 흐느꼈다.

남편의 울음소리에 잠이 깬 윌슨 부인은 그의 축 늘어진 어깨와 텅 빈 왼손의 자리를 바라보았다. 윌슨 부인은 그가 평생 그 빈 공간을 극복하지 못하리라는 것을 알았다. 그런 남편의 고통이 얼마나 클지, 한쪽 손만으로 살아가야 할 그의 인생이 스스로에게 얼마나 절망적인지, 아내는 여전히 알지 못했다. 그리고 더는 이해하고 싶은 마음도 들지 않았다. 윌슨 부인은 이제 남은 정까지 모두 털어낼 수 있을 정도로 그에게 진저리를 쳤다. 그녀는 자신이 다시는 예전처럼 그에게 애정을 느끼며 사랑할 수 없으리라 여겼고, 이제부터 그를 위한 헌신이 사랑이 아닌 오로지 동정으로만 이루어지리라 확신했다. 윌슨 부인은 아이처럼 흐느끼는 남편을 뒤로하고 침실을 빠져나왔다.

홀로 남은 윌슨은 여전히 슬픔에 빠진 채로, 여자의 죽음을 확신했다. 그는 그녀가 자신의 부족한 부분마저 사랑해주리라 여겼고, 어쩌면 지금도 그녀와 그의 왼손이 자신이 등장하기만을 기다리고 있으리라 믿었다. 그러나 이제 그녀의 목과 머리는 그의 왼쪽 손아귀에서 부드럽게 처져 있었다. 남은 것은 윌슨과 그의 왼손뿐이었다. 그는 자신이 행복의 두 가지 가능성을 모두 잃은 것도 모른 채, 이제 왼손을 어떻게 잘라낼 수 있을지에 대해 고민하기 시작했다.

● 중국인 부부

중국인 부부
문장 웹진 2017년 5월호

한밤중에 물을 마시러 나간 아내가 자고 있던 나를 다급하게 깨웠다.

"밖에 누가 있어."

잠이 덜 깬 나는 들은 척도 하지 않고 이불 속에서 몸을 웅크렸다. 도대체 이런 밤중에 뭐가 있다는 거야.

"정말 누가 있다니까."

아내의 말은 신음처럼 녹아내려 귀에 달라붙었다. 더는 듣고 있을 수 없어 마지못해 몸을 일으켰다. 방에 누가 있는 것도 아니고 밖에 누가 있는 게 뭐 어때서 그래. 우리 땅도 아니고 여긴 다, 남의 땅이잖아. 나는 속에서부터 올라오는 말을 삼키며 방을 나섰다. 아내는 무섭다며 내 뒤에 달라붙어 떨어지지 않았다.

6월이었고 밤은 아직 쌀쌀했다. 침대 안에서 따뜻이 데워졌던 몸에 소름이 돋았다. 아직 온기가 남은 손으로 팔뚝을 쓸어내리며 아내가 가리키는 곳으로 갔다. 거실 창문 너머를 바라보니 밖에 정말 무언가가 있었다. 그것은 움직임이 없어 누군가가 대로변에 내놓은 너절한 쓰레기나 부서진 가구처럼 보이기도 했다. 다음 순간, 내가 생각을 굳히기 전에 그것이 움직였다. 얇고 작은 무언가가 양옆으로 흔들린 것이다. 하지만 확신할 수 없었다. 밖은 무척 어두워 그림자와 사물마저 제대로 분간해낼 수 없을 정도였다.

지금의 집으로 이사 오던 날, 늦은 저녁을 사 오는 길에 집 주변에 늘어선 가로등 몇 개에 불이 나가 있는 것을 보았다. 이미 민원을 넣었다는 말을 이사 온 다음 날에 들었는데 두 달이 지나도록 거리가 어두웠다. 이곳의 행정 처리가 한국보다 몇 배는 느리다는 건 비자를 발급받을 때부터 어느 정도 체감한 일이었지만 이쯤 되면 답답한 수준이었다.

"여기 사람들은 한국에서처럼 죽을 것같이 일하지 않아요."

젊은 시절, 아이를 가진 채 남편과 함께 이민을 왔다는 한인 교회 권사의 말이었다. 나는 권사의 누렇고 피곤해 보이는 얼굴을 살피며 별생각 없이 고개를 끄덕였다. 권사는 가족과 함께 한국인 전용 게스트하우스를 운영하고 있었는데, 아내의 말로는 이 지역 한인 중 가장 성공한 사람일 거라고 했다. 사람들이 괜히 권사 일을 맡긴 게 아니라니까. 그때 아내의 목소리에는 부러움이 잔뜩 끼어 있었다.

"저기 좀 봐."

아내는 어느새 내 옆으로 와 움직임이 있는 방향을 가리켰다. 호기심이 두려움을 앞선 것이다. 그녀의 말처럼 대로변에 나와 있는 그것은 꺼진 가로등 아래에서 조금씩 움직이고 있었다. 윤곽이라도 구분해내기 위해 미간을 좁히고 눈에 힘을 주었다. 어느 정도 시간이 지나자 눈은 조금씩 어둠에 적응해나갔다.

그곳에는 작은 사람이 서 있었다.

나는 조금 무서워졌다. 어쩌면 저 작은 사람이 영화에서나 보았던 살인마일지도 모르는 것이다. 그러나 곧 어둠 속에서 움직이는 그 작은 사람이 발자국을 뗄 기력도 없어 보이는 마르고 벌거벗은 노인이란 걸 알아챘다. 비슷한 때에 노인의 모습을 분간해낸 아내의 입에서 신음 같은 탄식이 흘러나왔다. 거기에는 혐오와 의혹, 안도 따위가 뒤섞여 있었다. 금방이라도 비틀어질 듯 여위고 연약한 노인의 몸에는 속옷 한 장만이 간신히 매달려 있었다.

"경찰에 신고해야 할까?"

나는 아내의 말을 듣고도 바로 답하지 못했다. 이곳에 온 지 두 달째였다. 주변 사정에 어두운 것은 그렇다 치더라도 지금의 상황을 제대로 설명해낼 자신이 없었다. 게다가 당황해서 오해를 살 말이라도 한다면?

"다른 사람들이 하겠지."

이 시간에 다른 사람들이 할 거라고? 아내의 얼굴에는 이해하지 못하겠다는 표정이 가득했다. 조금 짜증이 났지만 금방이라도 말을 쏟아낼 것 같은 아내의 입이 무서워 얼른 한마디를 덧붙였다.

"전화해서 뭐라고 하게."

창문 앞을 서성이는 아내를 뒤로한 채 침대에 누워 이불을 덮었다. 누웠던 자리는 이미 차게 식어 있었다. 초여름이지만 밖은 아직 쌀쌀했다. 벌거벗은 채로 밖에 나와 있는 노인이 신경 쓰였으나 문밖을 나서면 아내가 기어코 경찰서에 전화를 걸 것만 같았다. 아내는 내가 잠이 들 때까지 침대로 돌아오지 않았다.

*

오전에 일어나 보니 옆에는 잔 흔적만 남아 있고 아내는 없었다. 위층을 울리는 요란한 웃음소리가 천장을 타고 내려왔다. 아내의 목소리는 그 안에서 어렵지 않게 구분해낼 수 있었다. 오늘쯤 아내가 주인집 노부부와 식사 약속을 했다던 게 기억났다. 아내는 영어를 유창하게 구사하지는 못했지만 목소리가 크고 잘 웃는 성격이라 외국인과도 빨리 친해지는 편이었다. 식사는 이제 막 시작된 것 같았다.

1970년대에 프랑스에서 이주해 왔다는 주인집 노부부는 큰 근심 없이 유복하게 늙은 사람들답게 베풀길 좋아했다. 주인 여자는 흥분하면 불어로 떠드는 버릇이 있어 대화하기 곤혹스러울 때가 있었으나 그것만 빼면 대체로 좋은 이웃이었고 까다롭지 않은 집주인이었다. 다만 우리는 일주일에 몇 번씩 2층에 불려가 함께 식사를 하거나 차를 마셔야 했다. 특별히 우리 부부를 좋게 봤다거나 무슨 속셈이 있어서라기보다, 그들에게는 세입자를 초대하여 무언가를 함께하는 일이 익숙해 보였다. 아내는 그런 것에 전혀 개의치 않았다. 그녀는 정원이 넓고 채광이 잘되는 그들의 집을 무척 마음에 들어 했고 원한다면 그보다 더한 일에도 순순히 응할 생각인 것 같았다.

"우리가 당신들에게 낯선 사람이 아니었으면 좋겠어요."

주인 여자는 얼굴에 사람 좋아 보이는 미소를 띠고 있었다. 아내는 그들이 좋은 사람들인 것 같다고 했지만 나는 그렇게 그들과 함께하는 소소한 일상이 부담스러웠다. 두 사람 다 현직에서 물러나 권태로워진 일상에 뭐라도 채워 넣고 싶은 거겠지. 때마침 함께 살게 된 젊은 동양인 부

부는 좋은 구경거리일 것이다. 나는 노부부를 즐겁게 해줄
자신이 없어 몇 주 전부터 핑계를 대며 초대를 고사했다.
처음에는 어떻게 혼자서 낯선 사람들과 있느냐며 불평하
던 아내는 어느 순간부터 노부부와의 시간을 기다리고 있
었다.

간간이 들려오는 웃음소리에 음식 냄새까지 섞여 오는
것 같아 조금 배가 고파왔다. 그래도 이제 와 위층에 올라
가는 것도, 혼자 밥을 차려 먹는 것도 내키지 않아 좀 더 잠
을 자기로 했다. 방음이 좋지 않아 다시 잠이 들기는 힘들
거라 생각했는데, 간밤의 소동으로 피곤했는지 금세 눈이
감겼다.

잠을 자며 꿈을 하나 꾸었다. 아내가 집 앞에서 간밤의
노인과 대화를 나누고 있었다. 나는 창문 밖으로 그들을
바라보았다. 밖은 여전히 어두워 표정 하나 분간할 수 없
을 정도였다. 그런데도 나는 그들이 내 쪽을 바라보지 않
는다는 걸 알았다. 초조해져 그녀의 이름을 불렀는데 전혀
반응이 없었다. 나는 그녀가 내 이야기를 하는 거라고 여
겼다. 얼른 가서 그녀를 데려와야겠다고 생각했지만 도무
지 발을 움직일 수가 없었다. 나는 애타게 그녀가 돌아오
기만을 기다려야 했다.

한참을 잤는데도 주변이 조용했다. 아내는 부지런한 성

격이라 내가 책을 읽거나 음악을 들으며 게으름을 피우고 있을 때도 주변 정리를 한다며 잦은 소음을 냈다. 그러다 이따금 무언가에 대해 물었는데 나는 그때마다 다른 곳에 신경 쓰느라 제대로 대답해주지 못했다. 다리 사이에 이불을 끼고 몸을 웅크렸다. 눈꺼풀이 무거워 일어나고 싶지 않았다. 정신이 반쯤 꿈속에 가 있는 바람에, 방금 꾼 꿈이 정말로 전날 있었던 일처럼 느껴졌다. 이대로라면 아내가 나에게 질려 떠나버릴지도 모른다는 생각이 들었다. 그런 멍청한 생각이 전해지기라도 했는지 현관문이 열리는 소리와 함께 아내의 구두 굽 소리가 따라 들어왔다. 아내는 들어오자마자 주방으로 건너갔다.

"점심 먹어야지."

나는 침대에서 반쯤 몸을 일으킨 채로 아내를 바라보았다. 밥을 먹고 온 것일 텐데도 아내의 입술은 붉게 번들거렸다. 기껏해야 노부부와의 식사에 저렇게까지 꾸밀 필요가 있었을까 싶었다. 아내가 냉장고에서 어제 먹다 만 반찬들을 내놓으며 불쑥 말을 꺼냈다.

"앞집에 사는 중국인 할아버지였어."

"누구?"

"어젯밤의 그 노인 말이야."

순간 그녀가 정말로 노인과 대화를 한 것은 아닌가 했는데 아내는 주인집 부부와 어제 일에 관해 이야기했다고 알려주었다. 나는 며칠 전 집 근처에서 마주친 작은 체구의 노부인을 떠올렸다. 늙고 고집스러워 보이는 입매에 반백의 머리를 가진 동양인. 그녀가 저보다 10년은 더 나이 들어 보이는 노인을 데리고 산책 나가는 걸 몇 번 본 적이 있었다. 어제의 노인이 그녀의 남편이었던 것이다.

차이나타운이 아닌 다른 곳에 사는 중국인들은 처음이었다. 시 외곽에서 중국어가 통하지 않기 때문인지, 중국인 대부분은 시가지에 있는 거대한 차이나타운에서 살았다. 들은 바로는 그 안에 없는 것이 없고 영어를 하지 않아도 충분히 살아갈 수 있다고 했다. 나는 그런 곳을 두고 굳이 낯선 이들에게 둘러싸여 살아가는 그들이 선뜻 이해되지 않았다. 게다가 우리가 사는 웨스트엔드는 개중 동양인의 비율이 가장 낮은 곳이었다.

"치매라나 봐. 부부 둘이 사는데 할아버지가 그렇게 밤만 되면 속옷 바람으로 대로변을 돌아다닌다는 거야."

"지금까지 용케 안 잃어버렸네."

나는 말을 한 뒤에야 그를 책이나 우편물이라도 되는 듯이 얘기했다는 걸 깨달았다.

"밖으로 나가도 집 근처에서만 그러고 있으니까. 주변에서도 몇 번 집에 찾아가서 말해봤는데, 그때마다 영어 못하는 노부인만 있어서 이제는 그냥 포기했대. 시끄럽게 구는 것도 아니고 그냥 가만히 서 있기만 하니까. 뭐, 새벽에 마주치면 <u>으스스</u>하긴 하지만."

노인에 대한 아내의 태도는 전날 밤과 사뭇 달라져 있었다. 간밤에 경찰을 부르지 않은 게 다행이었다. 나는 아내가 차려준 음식을 열심히 먹었다. 밥이고 반찬이고 미지근하거나 너무 차가워 아무 맛도 느끼지 못했다.

"주인집 말이야. 나한테 그 얘기를 해주면서 그래도 같은 나라 사람인데 친하게 지내라고 하는 거야."

"우릴 중국인으로 안 거야?"

"그렇다기보다, 옛날 사람들이라 그런지 한국이랑 중국을 구별 못 하더라고."

아내는 밥을 다 먹고 시내에 나가자고 했다. 장도 봐야 하고 아는 언니가 집에서 안 쓰는 물건과 옷가지를 준다고 해 약속을 잡았다고 그랬다. 나는 아는 언니가 안 쓰는 물건이면 우리도 필요 없는 게 아니냐고 했는데, 아내는 언니는 안 쓰는 물건이지만 우리에게는 필요한 물건일지도 모른다고 그랬다.

아내는 이곳에 올 때 최소한으로 짐을 줄여 가자는 의견에 동의해 많은 것을 한국에 두고 와야 했고 그 때문인지 오히려 이곳에서는 필요 없는 것과 있는 것을 구분하지 않고 쌓아두었다. 그중에는 다 쓴 화장품 용기와 고장 난 헤어드라이어 따위도 포함되어 있었다. 나는 몇 번이고 그것들을 치우자고 했으나 아내는 쓸 데가 있을 거라며 아무것도 버리려 하지 않았다.

"다 갖추고 살 수는 없어."

내가 말하자 아내는 나를 돌아보지 않고 대답했다.

"갖추고 살려는 게 아니야. 나는 여기서 살려고 하는 거라고."

*

늦장을 부리는 바람에 우리는 오후 4시가 넘어서야 집에서 나왔다. 버스 정류장으로 걸어가는 길에 저도 모르게 앞집을 힐끔거렸다. 중국인 부부의 집은 근처 정류장으로 가는 길목 맞은편에 있었다. 그 집은 비슷하게 생긴 주변의 다른 집보다 커서 우리 집 거실 창문에서도 그 집 현관이 보였고, 정류장에 앉아 바라보면 집 외관이 두루 눈에 들어왔다. 전에는 우리가 묵고 있는 집이 일대에서 가장 크고 고풍스럽다고 여겼는데, 앞집의 잘 가꿔진 정원과 커다란 테라스도 인상적이었다. 내가 중국인 부부의 집을 보고 있자 아내는 늦었다며 내 손을 잡아끌었다. 집이 좋아서 보고 있었다기보다 어제 봤던 노인이 정말로 그곳에 사는지 궁금했던 것뿐이었지만 아내는 마음이 상한 얼굴이었다. 그녀는 버스에 타고도 한참을 아무 말도 하지 않았다.

버스는 일정한 속도를 유지하며 균일한 간격으로 차체를 흔들었다. 차가 흔들릴 때마다 우리가 앉은 자리는 한 군데씩 나사가 빠진 듯 불안하게 움직였고, 좌석 밑에 깔린 낡은 엔진은 고통을 참아내듯 낮은 소리를 내며 무겁게 진동했다. 몇 안 되는 승객 중 누구도 입을 열지 않았으나 버스 안은 이미 소리로 가득 차 있었다. 나는 그 불안한 소음들을 피해 창문 바깥으로 시선을 두었다. 보이는 것이라곤 온통 비슷한 나무와 집 들뿐이었다. 여유롭고 평화로운 풍경을 보고도 아무런 감상이 떠오르지 않는 걸 보면 이곳도 고작 사람이 사는 곳일 뿐 그 이상의 의미는 사라진 느낌이었다.

아내가 오랜 침묵을 뚫고 앞집 이야기를 꺼냈다.

"그 할머니 말이야. 분명 노리는 게 있을 거야."

아내는 아까부터 앞집 일이라면 조금 흥분한 목소리로 말했다. 아무래도 생각보다 집이 좋았던 게 문제인 것 같았다.

"그러니 밤마다 정신도 온전치 않은 노인네를 혼자 산책시키는 거지. 제발 길 좀 잃으라고."

고개를 돌려 아내의 얼굴을 바라보았다. 말에 악의가 있어 보이지는 않았다. 가끔 엉뚱한 상상을 할 뿐이지, 그녀가 다른 사람의 불행을 즐기거나 마땅하다고 여기는 모습은 보지 못했다. 문제는 이곳에 온 뒤로 아내가 방금과 같은 말들을 어디에서건 서슴없이 내뱉는다는 점이었다. 주변 누구도 우리의 말을 알아듣지 못한다는 게 이유였으나 나에게는 그녀가 해도 될 말과 하지 않아도 될 말을 구분하지 못하는 사람처럼 보였다. 내가 시원치 않게 대답하자 대화는 얼마 안 가 침묵으로 바뀌었다.

아내와는 5년을 사귀다 결혼했다. 만난 지 2년이 넘어갈 무렵 이 여자와 결혼을 해야겠다고 마음먹었지만 변변치 않은 벌이 때문에 결혼은 자꾸만 미뤄졌다. 홀로 아내를 키운 장모는 나를 탐탁지 않아 했다. 사람이 너무 착하고 순진하여 미덥지 않다는 게 이유였다. 나는 착하지도 순진하지도 않았으나 장모가 내 앞에서 그렇게 얘기할 때면 가만히 고개를 숙이고 있었다. "엄마는 착하고 순진해서 싫다고 하지만 나는 그래서 자기가 좋아." 결혼 전 장모에게 한 소리 들은 날이면 그녀가 항상 그렇게 말했기 때문이다. 그렇지만 내가 그들의 말처럼 착한 사람이었다면 그녀에게 미안해서라도 헤어지자고 했을 것이다. 아내는 나와 사귀는 동안에도 장모에게 속아 몇 번이고 선 자리에 나갔다. 나는 그녀가 장모에게 번번이 속을 만큼 눈치가 없지 않고, 홀어머니의 말을 잘 듣는 딸도 아니라는 걸 알고 있었다. 그래도 그렇게 선을 보고 난 뒤에는 어김없이 돌아와주는 것이 고마워 그녀가 하는 말을 모두 믿어주었다.

우리는 장을 보러 가기 전에 시내에 있는 한인 교회에 들렀다. 아내의 눈치로는 지역 한인들에게 눈도장을 찍어 나중에 일자리라도 부탁할 요량인 것 같았다. 평일 오후라 그런지 교회에는 아내의 기대보다 사람이 적었다. 목사님께 인사나 드리고 가자며 발걸음을 옮기는데, 권사 부부가 들어왔다. 아내는 그쪽에서 우리를 알아보기도 전에 먼저 다가가 살갑게 인사를 건넸다. 부부는 잠시 시간을 내 청소를 하러 왔다고 했다. 게스트하우스만 운영하는 줄 알았는데 원하는 손님들을 대상으로 싼값에 저녁을 지어 주고 있어 남는 시간이 많지 않다고 그랬다. 아내는 귓속말로 있는 사람들이 더하다며 혀를 찼다.

권사 부부가 사는 곳은 어떠냐며 이것저것 친절하게 물어 왔다. 나는 그들의 선한 인상이 부담스러워 잠시 전화를 하고 오겠다며 밖으로 나갔다. 아무래도 신앙이 없는 게 문제였다. 아내와 나는 둘 다 종교가 없었고 한국에서는 교회 문턱도 넘어본 적 없는 사람들이었다. 이 나라에

도착하고 집도 구하지 못하고 있을 때, 아내는 어디선가 한인 교회에 가면 정보를 얻을 수 있다는 말을 듣고 무작정 이곳을 찾아왔다. 물론 그 덕에 지금까지 많은 도움을 받았다.

맨 처음 우리 사정을 듣고 지인을 통해 집을 알아봐준 것도 권사 부부였다. 처음으로 추천한 집은 26번가에 있는 스튜디오 아파트였다. 시내와도 가깝고 근처에 대형 마트가 있어 여러모로 편리한 위치였다. 무엇보다 중심가 부근에 있음에도 집세가 지금 사는 곳의 절반 정도에 불과했다. 가격을 들은 아내는 당장 집을 보러 가자며 재촉했는데 막상 아파트 앞에 도착하고 나서는 실망한 얼굴을 감추지 못했다. 아파트는 생각보다 노후했다. 여러 번 보수한 흔적이 있는 외벽은 새로 칠할 때마다 다른 채도의 색이 덧입혀져 지저분해 보였고, 정문 외곽에 위치한 배수관은 녹이 슨 채로 페인트가 반쯤 벗겨져 있었다. 다행히 내부는 외관보다 나았지만 아내는 욕실 한번 제대로 둘러보지 않은 채 그곳을 서둘러 빠져나왔다. 아내는 권사 부부가 우리를 무시하는 거라며 골을 냈다.

이후에 본 다른 집들도 사정은 비슷했다. 대부분의 한국인은 중심가에서 살고 싶어 했으나, 집세를 감당할 수 있는 곳은 모두 지은 지 수십 년은 돼 보이는 낡고 노후한 아파

트뿐이었다. 권사 부부의 지인이 한국인이었고 그 지인의
지인들 또한 한국인이었으니 당연한 결과였을 것이다. 그
것은 곧 아내의 또 다른 불만이 되었다. 한국인이 사는 곳
에는 언제나 또 다른 한국인들이 날파리처럼 꼬여 있었다.

아내와 달리 나는 집만 구할 수 있다면 아무래도 좋았다.
그러던 중 지금의 집을 구하게 된 것은 다행스러운 일이었
다. 여러모로 보나 지금의 집은 아내가 내세운 조건에 대체
로 부합하는 곳이었고 그것은 나에게도 좋은 일이었다.

담배를 피우고 들어가 보니 남편은 어디 가고 권사와 아
내만 남아 있었다. 그들은 내가 들어온 것도 인식하지 못
했는지 대화에 열중하고 있었다. 나는 아내의 입에서 나오
는 중국 노인이라는 단어를 듣고, 대화의 주제를 알아챘다.
그녀의 입에서는 뒤이어 학대와 방치라는 말이 여러 번 반
복해서 나왔다. 아내의 말을 듣는 권사의 얼굴에는 호기심
과 안쓰러움이 뒤섞여 있었다.

"잃어버리길 바라는 게 분명하다니까요. 다 죽어가는 노
인 하나 집 안에 못 들여놓고 내버려 둔다는 게 말이나 되
겠어요?"

아내의 말에는 어느새 확신이 배어 있었다. 머릿속으로
노부인의 모습이 떠올랐다. 남편이 밤마다 어두운 도로를
헤매고 있을 때, 노부인은 무엇을 하고 있었을까.

장을 보는 데는 30분도 채 걸리지 않았다. 우리는 돈에 여유가 없어 뭐든 조금씩 샀다. 아내는 대부분의 시간 동안 진열대 앞에서 고민하는 모습을 보였는데, 결국 구겨진 박스에 담긴 시리얼과 무른 과일 몇 개를 골라 바구니에 넣었다. 운반 과정에서 생긴 하자로 반 가격에 판매되는 물건들이었다. 아내는 우리의 사정을 별로 친하지도 않은 언니에게 보여줄 수 없다며 장바구니를 곧장 내 손에 들려주었다. 카페로 들어가는 아내를 바라보며 생각했다. 아마도 그런 처치 곤란한 잡동사니를 줘서 고맙다며 5달러가 넘는 커피를 사줄 것이었다. 구겨지고 멍든 음식이라도 속은 멀쩡하고 맛도 좋다고 말하는 아내와, 그럴 수밖에 없는 자신의 형편을 부끄러워하는 아내는 위선적이라기보다 안쓰러움과 죄책감을 느끼게 했다. 나는 어쩌면 아내가 보여주기 싫은 대상이 이렇게 평일 낮에 빈둥거리는 남편일지도 모른다고 생각하며 집으로 가는 버스에 올랐다.

*

저녁으로 오늘 산 과일 조금과 시리얼을 먹고 있는데 아내에게서 늦는다는 연락이 왔다. 밥이 먹고 싶었지만 주방을 뒤지다 보니 집에 쌀이 한 톨도 남아 있지 않다는 걸 깨달았다. 우리가 그 정도로 가난한 거냐고 아내에게 묻고 싶었다. 그러나 만약 그렇다 하더라도 해결해줄 수 없을 것 같아 물어보지 못했다. 나는 우리에게 얼마가 남았는지, 앞으로 얼마나 버틸 수 있을지 같은 건 생각하고 싶지 않았다. 그저 내가 생각하는 것보다 우리에게 버틸 수 있는 시간이 많이 남아 있기를 바랄 뿐이었다. 스스로의 무능에 대해 절감하는 게 얼마나 괴로운 일인지는 경험해보아 알았다.

나는 내가 한국에 적응하지 못한 것이 아니라, 적응할 수 없었던 것이라고 생각했다. 30년 가까이 그곳만이 세계의 전부라고 생각했는데, 알고 보니 애초에 맞지 않는 곳에서 태어난 것이다. 그렇다고 다른 나라에서는 달라질 것이란 확신은 없었으나 어느 곳이든 한국보단 나을 거라고 믿었다. 그런 믿음이 어디서 온 것인지는 몰랐다. 그저 더는 억지로 사는 사람처럼 살고 싶지 않았다. 그런데 이곳에 온 지 고작 두 달이 넘었을 뿐인데도 나는 자신이 없었다. 과연 이곳에서는 견딜 수 있을까. 어쩌면 나는 남들처럼 사는 게 애초에 불가능한 사람일지도 모른다. 그렇게 생각하다 보면, 나보다도 아내가 더 불쌍해지는 일이었다.

집 주변 가로등이 아직도 고쳐지지 않은 게 기억나, 아내를 마중하러 버스 정류장으로 걸어갔다. 주변을 둘러보다 중국인 부부의 집에 불이 켜져 있는 걸 보았다. 간밤의 노인이 궁금하기도 하여 그 집 담벼락 가까이 다가갔다. 거실에는 소파에 기대앉은 노인이 고개를 앞으로 숙인 채 졸고 있었다. 그가 어제 본 노인과 동일 인물인지는 분간할 수 없었으나 아내가 알아 온 소문이 사실인 듯했다. 겉으로 보기엔 평범해 보이는 집에 그런 문제가 있을 줄은 생각도 하지 못했다. 저렇게 있으니 그저 나이가 들어 기력이 쇠한, 흔한 노인으로 보였다. 저런 노인을 보고 어제는 무서워 밖에도 나가지 못했던 것이다. 그가 금방이라도 내 쪽을 바라볼 것 같아 아내를 기다리기로 한 것도 잊고 서둘러 집으로 들어갔다.

아내는 버스가 끊길 시간이 다 돼서 돌아왔다. 술을 마셨는지 양 볼이 벌겠다. 그녀는 날이 더워 그런 것이라고 했다. 외투에는 차가운 밤공기가 잔뜩 묻어 있었다. 아내는 자기가 돈을 낸 것이 아니라 언니가 낸 것이니 괜찮지 않으냐며 말을 우물거렸다. 나는 그보다 아내의 양손이 비어 있는 게 더 신경이 쓰였다. 아내는 정말 아는 언니를 만나러 간 것이었을까. 어쩌면 아내는 거기에 대해 내가 물어보기를 원하는지도 모른다. 하지만 어떤 대답을 한다고 하더라도 그녀의 말을 내가 믿을 수 있을지, 혹여 진실을 말한다고 하더라도 그것을 받아들일 수 있을지 확신할 수 없었다.

늦잠을 자서 그런지 침대에 눕고서도 잠이 오지 않았다. 새벽이 되도록 자지 못하다 옆에 있는 아내 몰래 거실로 나갔다. 집 밖의 차가운 공기가 집 안까지 흘러들어 와 있었다. 창문에 다다를수록 외풍이 불어왔다. 아직 여름도 채 되지 않은 시기에, 놀라울 정도로 추울 겨울이 걱정됐다. 집 앞 가로등은 아직도 고쳐지지 않은 채 주변을 더욱 어둡게 만들었다. 그때 앞집 현관에 불이 들어왔다. 어제 보았던 노인이 또다시 속옷 한 장만을 걸치고 밖을 나서고 있었다. 순간 노인이 미처 닫지 못한 현관문이 집 안의 누군가에 의해 닫혔다. 보지 않아도 될 장면을 본 것 같아 꺼림칙했다. 노인이 걱정됐지만 밖으로 나가지는 않았다. 잠을 자야 할 시간이 한참 지나 있었다.

*

며칠 후 아내의 성화에 못 이겨 주인집과의 점심 식사에 참석했다. 이웃들까지 초대한 자리에 남편이 오지 않으면 사이가 나빠 보인다는 것이 이유였다. 아내는 전날 미리 재워둔 갈비를 싸 들고 위층으로 향했다. 주인 남자는 한 집에 사는데도 오래도록 보지 못한 것 같다고 말했다. 나는 무안함에 얼굴을 붉히며 어색하게 웃었다. 오랜만에 듣는 아내의 영어는 두 달 전에 비해 많이 늘어 있었다.

아내와 함께 주인 여자를 도와 식탁을 정리했다. 곧 도착한 이웃들이 서로의 안부를 물으며 우리에게도 살가운 인사를 건넸다. 옆집에 사는 여자가 어떤 음식을 가져왔는지 묻자, 아내는 밀폐 용기의 뚜껑을 열어 음식을 보여주었다. 여자가 호기심 어린 목소리로 말했다.

"전에 비슷한 걸 먹어본 적 있어요. 그런데 그거, 날것으로도 먹을 수 있는 거예요?"

아내가 당황한 건 그때였다. 조리하지 않은 게 실수였다는 걸 그제야 깨달은 눈치였다. 자신을 쳐다보는 몇몇 사람들의 시선에, 아내의 얼굴이 순식간에 상기됐다. 다른 이들이 들고 온 접시에는 완전하게 조리된 음식들이 담겨 있었다. 당장 내려가 구워 오겠다는 아내를 만류한 건 주인 여자였다. 그녀는 아내를 주방으로 안내하며 아직 한국 요리를 제대로 먹어본 적이 없어 조리하는 것이 보고 싶다고 했다. 그것은 누가 보더라도 당황해하는 사람을 위해 꾸며낸 말 같았으나 정작 아내는 눈치채지 못한 것 같았다. 아내는 연신 고개를 끄덕이며 자신의 요리가 가장 맛있을 거라는 말만 반복했다.

프라이팬이 달궈지며 달고 진한 간장 냄새가 주변으로

퍼졌다. 양념된 고기는 지나치게 천천히 익어갔다. 조리 시간이 예상보다 길어지자, 불편한 표정을 애써 감추고 있는 이웃들의 얼굴이 눈에 들어왔다. 주방을 넌지시 바라보는 옆집 여자의 얼굴이 굳어 있었다. 이미 차려진 식탁의 음식들이 조금씩 식어갔다. 초조해진 아내가 불을 강하게 올리자, 주방에서 연기가 새나가기 시작했다. 식탁에 앉아 있는 이웃들이 하나둘씩 잔기침을 했다. 이웃에 사는 중년의 여자가 인상을 쓰며 말했다.

"이게 무슨 냄새예요?"

중년 여자의 남편이 그녀의 어깨를 가볍게 두드렸는데 정작 그의 얼굴도 여자와 크게 다르지 않았다. 중년 여자가 내 쪽을 힐끔거리더니 창문을 열었다. 냄새는 익히 알던 것과 아무런 차이가 없었다. 그들의 반응 또한 냄새 때문만은 아닌 듯했다. 무례한 사람이 되는 것은 순간이었다. 내가 이국에 와 있다는 것을 그제야 실감할 수 있었다. 아내는 전날 자신의 음식이 가장 맛있을 거라고 했다. 갈비는 내가 좋아하는 음식이었다.

참을성 있게 아내 옆에 서 있던 주인 여자는 연기가 프라이팬 안을 벗어나자 환풍기를 켰다. 팬이 힘차게 돌아가는 소리가 주방을 넘어 내가 앉아 있는 식탁까지 도달했다. 이웃들은 서로 이런저런 대화를 하며 주방에서의 상황을 모른 척했다. 나는 거기에 대해 무슨 말이라도 하고 싶었지만, 영어로 된 문장은커녕 단어 하나도 떠오르지 않았다. 언어의 문제만은 아니었다. 이 자리에서 도망치고 싶었다. 사람들의 눈치 속에서 갈비를 굽고 있는 아내 때문에 그럴 수 없는 것뿐이었다. 자리에서 일어나 아내가 있는 주방으로 갔다. 주인 여자가 내 옆을 지나가며 알 수 없는 말을 불어로 지껄였다. 뜻을 모르는데도 그 속에 들어 있는 단어의 날카로움은 착각이라 할 수 없을 정도로 분명하게 전해졌다. 같이 어울리는 건 좋다고 해도 자신들에게 폐가 되는 걸 좋아할 사람은 없었다.

프라이팬에서 나오는 연기는 어느새 주방 천장을 맴돌았다. 아직 화재경보기가 울리지 않은 것이 신기할 정도였다. 아내는 열리지 않는 부엌 창문을 붙들고 허둥댔다. 그녀는 나를 보고 어색하게 웃었다.

"먹어보면 다들 좋아할 거야."

아내의 말은 그것 말고는 방법이 없다는 사람의 말처럼 절박하게 들렸다. 나는 아내의 생각에 동의할 수 없었다. 가장 좋은 방법은 며칠 전으로 돌아가 오늘의 초대에 응하지 않는 것이었다. 그러나 모든 것은 이미 늦었다. 나는 아내에게 그만하라고도 못 하고, 자리에 돌아가지도 못한 채 그 옆에 우두커니 서 있었다. 이미 맛 같은 건 아무도 신경 쓰지 않을 텐데. 다른 이들 또한 나처럼 이 시간이 빨리 지나가기만을 바라고 있을 것이었다.

"제발 그 냄새라도 좀 멈춰봐."

갈비는 속까지 익지 못하고 겉만 타들어갔다. 손바닥이 축축하게 젖어들었다. 아내의 시선은 나를 피해 주변을 배회했다. 어떤 생각을 하는 것 같기도 했고 아무런 생각을 하지 않는 것도 같았다. 냄새는 더욱 심해질 참이었다. 아내 옆으로 다가가 스토브의 불을 껐다. 그녀가 붉어진 얼굴로 나를 보았다. 나는 얼른 아내의 시선을 피했다. 그러나 이미 모두 들켜버렸다. 아내는 내가 한 말을 들었을 것이고 내 옹졸함을 눈치챘을 것이다. 주방 천장을 맴돌던 연기가 환풍기 속으로 차근히 빨려 들어갔다. 어쩌면 이 순간 아내에게 끔찍한 건 지금의 상황이 아니라 나일지도 모른다는 생각이 들었다. 환풍기 소리가 침묵이 흐르는 지점을 메우고 있었다. 나는 어떤 표정을 짓고 있어야 할지 몰라 주방 한가운데에서 우두커니 서 있었다.

"저기 좀 봐요."

그때 식탁에 앉아 있던 누군가가 말했다. 사람들이 일어나 창문 주변으로 모여들었다. 나는 순간 그들의 시선이 다른 곳으로 쏠렸다는 것에 안심했다. 주방에 홀로 서 있는 아내를 뒤로한 채 창가로 다가갔다.

우리에게도 분명 한국에서의 미래를 기대하던 때가 있었다. 장모가 생각하는 제대로 된 직장을 잡은 뒤에는 갑자기 모든 일이 괜찮게 흘러가는 것처럼 느껴지기도 했다. 하지만 착하고 순진하다는 말을 오래 들어서 그런지, 결국 그런 성격 때문에 중요한 계약 하나를 망치고 회사에서도 잘리고 말았다. 해고 통지를 받고도 나는 한동안 그녀에게 말을 하지 못했다. 그때는 스스로의 무능에 질려버린 상태라 자신감이 바닥을 치고 있었고, 장모에게 어렵사리 허락을 받은 직후였기 때문에 말을 꺼내기가 어려웠다. 그녀는 얼마 안 가 회사 앞에서 나오지 않는 나를 기다리다 사실을 알게 되었다. 나는 뻔뻔스럽게도 5년간 사귀던 그녀를 잃게 될 것이 두려워 서둘러 청혼했다.

그녀가 왜 청혼을 받아들였는지는 지금도 알지 못한다. 내 쪽에서 물어보고 싶지는 않았다. 그녀의 대답이 어떻게든 나를 비참하게 만들 거라고 믿었다. 해외에 사는 그녀의 사촌에게서 연락이 온 것은 우리가 결혼을 준비하고 있을 때였다. 그녀는 기회가 온 것이라고 했다. 우리의 미래가 달라질 기회라고 그랬다. 나는 그것이 표면적인 이유라는 걸 알았다. 그녀 또한 한국을 벗어나면 내가 달라질 거라 믿었으리라. 하지만 새로운 곳에 오면 변하리라는 생각이 순진했다. 굳이 이곳까지 오지 않더라도 내가 아무 곳에도 적응하지 못하는 인간이라는 걸 알고 있었지만, 스스로가 그런 사람이라는 걸 받아들이고 싶지 않았다.

일이 생각과는 다른 방향으로 가고 있다는 건 이곳에 도착한 직후부터 어렴풋이 알아챌 수 있었다. 사촌과의 연락이 뜸해질수록 아내는 스스로를 바쁘게 만들었다. 집주인 부부와의 교류에 매달리고 매주 교회에 나갔다. 아내는 사람들과 친분을 쌓고 무언가를 나눌 때마다 우리의 삶이 좀 더 나은 방향으로 나아가고 있으리라 믿었다. 나는 그런 그녀를 이해했다. 이해하지 못할 것이 없었다. 그녀가 그러는 사이 나 또한 어쩌면 삶은 달라질 수 있으리라 믿었으니까.

창가에 모인 사람들은 하나같이 도로의 한 지점을 바라보았다. 그곳에는 중국 노인이 있었다. 전과 같이 속옷 한 장만을 간신히 걸친 모습에 사람들이 인상을 썼다. 형편없이 마른 몸과 볼품없는 차림새, 어디에도 정착하지 못하는 눈. 그 모든 것들은 한낮의 햇빛 아래에서 조금의 그림자도 없이 모두 드러나고 말았다. 이웃들은 나가봐야 하는 것이 아니냐고 수군거렸는데 실제로 자리를 벗어나는 사람은 없었다. 노인은 이번에도 그저 도로 한복판에 가만히 서 있을 뿐이었다. 얼핏 보면 누군가를 기다리는 것도 같았다. 문제는 그 앞에 있는 차였다. 높고 큰 경적이 동네 가

득 울려 퍼졌다. 노인의 집에서는 인기척이 없었다. 산책을
할 때마다 노인의 손을 잡아주던 늙은 아내는 보이지 않았
다. 노부인은 어디에 간 것일까. 다른 사람들은 그렇다 하
더라도 아내는 그러면 안 되는 것 아닌가.

운전자는 내리지 않은 채 집요한 소음만을 방출했다. 노
인은 귀가 먹은 사람처럼 전방의 한 지점만을 집요하게 바
라보고 있었다. 나는 그의 시선이 향하는 방향으로 고개를
돌렸다.

멀리서 경찰차가 다가오고 있었다. 조용한 동네에서 일
어난 때아닌 소동에 누군가가 신고를 한 것 같았다. 사람
들의 얼굴이 흥분으로 붉게 달아올랐다. 그들은 지금의 소
동으로 중국인 부부의 집에서 일어나는 숨겨진 일들이 밝
혀지기를 고대하는 것처럼 보였다. 그런데 조금 더 자세히
살펴보니 그들이 슬슬 내 눈치를 보는 것이었다. 영문을
알 수 없었다. 아내가 나 몰래 저 노인을 신고한 적이 있었
나. 하지만 아내에겐 혼자 경찰서에 전화를 걸 만큼의 용
기가 없다. 그렇다면 권사 부부에게 했던 것처럼, 그런 억
측에 가까운 이야기를 사실인 양 말하고 다니기라도 했던
것일까. 그런 방향이라면 충분히 가능했다. 아내라면 그랬
을지 모른다. 그것은 추측이 아닌 확신이 되어갔다. 제 이
야기에 취해, 그게 진실인지 상상인지도 개의치 않고 말하

는 아내의 모습은 쉽게 떠올릴 수 있었다. 덜컥 가슴이 내려앉았다. 금방이라도 낯선 누군가가 현관문을 두드릴 것 같았다. 아내를 찾아 주방으로 들어갔다. 그런데 그곳에 아내가 없었다.

근처에 있는 화장실 문을 두드렸다. 아무런 대답도 들려오지 않았다. 주변을 둘러보았지만, 집 안의 문들은 현관문을 포함하여 모두 굳게 닫혀 있었다. 애써 별일 아닐 것이라 자위했다. 아마도 외국에서 겪게 된 이런 상황에 갑자기 두려워진 것이리라.

끊임없이 울리던 경적은 서서히 멈춰갔다. 집 안의 사람들은 더는 신경 쓰지 않는다는 듯 하나둘 식탁에 둘러앉았다. 하지만 나는 밖에서 아내의 이름이나 내 이름이 들려오기라도 할 것처럼 신경이 쓰였다. 그럴 일은 없으리라 믿었지만 불안은 조금씩 커졌다. 그때까지도 아내는 돌아오지 않았고 그건 어떤 식으로든 나쁜 일이 일어날 것만 같은 기분이 들게 했다. 나는 다른 이들에게 그녀가 속이 좋지 않아 잠시 아래층에 내려갔다고 했다. 사람들은 염려하는 표정으로 아내를 걱정하는 말을 건넸는데, 인사치레였는지 곧 저들끼리 하던 대화를 마저 이어 나갔다. 그러다 문득 누군가가 말했다.

"어쨌든 당신이 한번 얘기해봐야 하지 않겠어요?"

주변에 둘러앉은 이웃들이 동의하는 표정으로 고개를 끄덕였다. 그때까지도 내 신경은 다른 곳을 향해 있어 테이블에서 들려오는 말을 듣고 있지 않았다. 나는 한참 전에 맥락을 놓친 대화를 기억해내기 위해 머리를 굴려보았지만 머릿속에는 아무것도 남아 있지 않았다. 그들의 대화에 내 이름이 한 번이라도 나왔었는지조차 감감했다. 내가 당황한 표정을 짓자 주인 여자가 이제야 기억났다는 듯 웃으며 말했다.

"맞아. 당신, 중국인이 아니죠."

나는 마치 내가 중국인이 아닌 것을 들키기라도 한 사람처럼 고개를 떨어뜨렸다. 숙인 얼굴로 열이 올랐다. 왜 웃는지 알 수 없었다. 주인 여자가 말했다.

"그런데 왜 여태 말하지 않았어요."

그 말은 나를 책망하는 것처럼 들렸다. 자격지심일 수도 있었으나 그렇지 않다고 해도 다른 식으로는 생각할 수 없었다. 나는 고개를 돌려 아내를 찾았다. 냄새는 이제 희미하게 남아 있었으나 공기는 순환되지 않은 채로 그 자리에 머물러 있었다. 문득 노인과 아내가 함께 서 있던 광경이 떠올랐다. 꿈이라고 여겼는데 어쩌면 꿈이 아닐지도 몰랐다. 내가 잠든 사이에 아내가 문밖을 나섰을 수도 있었다. 늦은 밤 혼자 밖으로 나설 정도의 용기는 없는 사람이라 여겼지만 결국 용기가 없는 사람은 아내가 아니었다.

고개를 들어 밖을 바라보았다. 2층 창문을 통해 본 중국인 부부의 집은 다른 집들과 다르지 않아 보였다. 나는 그들의 집과 다른 이들의 집을 구분하기 위해 한참 동안 창밖을 바라보아야 했다. 그렇게 찾아낸 집은 조금 전의 소란과는 무관하다는 듯 고요했고 집 안은 환한 바깥과 달리 무척 어두웠다. 그 어둠은 사람과 사물을 분간할 수 없을 정도로 침침하여 나는 그저 가만히, 무언가 움직이기만을 기다릴 뿐이었다.

●

메켈 정비공의 부탁

메켈 정비공의 부탁
문장 웹진 2020년 2월호

잠에서 깬 너는 순간 어디에 있는지 기억나지 않아. 그러다 곧 이곳이 시칠리아섬 서쪽 해안에 있는 작은 호텔이라는 걸 깨닫지. 너는 눈을 감고 오늘의 일정을 되새겨. 오전에는 바닷가의 염전지대를 따라 산책을 할 거야. 정오에는 마을 광장에 있는 카페에서 샌드위치를 먹고, 어제 읽다 만 소설을 마저 읽는 거지. 해가 질 무렵에는 예약한 식당에서 정어리와 회향을 곁들인 파스타에 와인을 마시며 지역의 미식전통을 즐길 거야. 밤에는 호텔로 돌아와 매춘부와 사랑을 나누는 거지.

너는 곧 상황을 납득해. 자리에서 일어나 욕실로 향하지. 샤워기에서 뜨거운 물이 쏟아지고 수증기가 올라와. 의뢰인에게는 지나치게 더운물로 샤워를 하는 습관이 있거든. 물줄기에 닿은 살이 빨갛게 익어가. 너는 무의식적으로 왼쪽 귀를 만지려 하지만 이윽고 손이 가는 방향을 바꿔 비누를 집어 들지. 개미에 물린 것처럼 왼쪽 귀가 따끔거려. 너는 고통을 참으며 거품을 낸 비누로 온몸을 문질러 씻어.

너는 키튼 앤드 마거릿 주식회사의 기버(giver)로 다양한 프로젝트를 성공적으로 진행한 이력을 가지고 있어. 의뢰인들은 대체로 너의 기억에 높은 만족지수를 보였지. 작년에 가장 평가가 좋았던 프로젝트는 에베레스트를 등정했던 한 달간의 기억이었어. 의뢰인은 B 의류 회사의 임원으로 출장을 제외하곤 혼자서 여행을 떠나본 적이 없는 50대의 중년 남성이었지. 너는 작년 겨울 의뢰인을 대신해 상업 등반대와 함께 에베레스트를 올랐어. 그리고 아이스폴 지대를 통과하는 도중 갑작스러운 눈보라를 맞아 동료들과 함께 산에 고립됐지. 너는 그곳에서 운 좋게 목숨을 건졌지만, 동상으로 괴사한 왼쪽 귀의 3분의 1을 잘라내야 했어.

회사에서는 네가 겪은 재난에 애도를 표했어. 그리고 네가 경험한 지나친 고통의 시간은 그 귀퉁이가 조금씩 잘려 나간 채 의뢰인에게 이식됐지. 그 결과, 의뢰인은 계획했던 것보다 극적인 기억을 전달받았어. 바람이 왼쪽 귀를 스칠 때마다 그때의 기억 때문에 귀 끝이 가려울 지경이었지. 의뢰인은 귀를 긁어도 없어지지 않는 그 가려움 때문에,

그때의 기억이 생생하게 느껴진다고 했어. 고통스러우면 서도 감동적인 기분이 든다고, 평생 잊지 못할 모험이 되었다고 했지.

*

너는 누비아 탑에서부터 해안가의 염전지대를 따라 천천히 걸음을 옮겨. 해안 쪽으로 눈을 돌리면 둔덕처럼 쌓인 흰색의 소금 결정과 붉은 지붕의 풍차들이 보이지. 바람에 함유된 소금기가 네 몸 이곳저곳에 달라붙어. 너는 멈춰 서서 소금 결정이 쌓인 바다를 오래도록 바라봐. 이따금 코끝으로 스며드는 비린내로 인해 구역질이 난다는 것 이외에, 너는 아무런 감상도 느끼지 않아. 눈앞에 보이는 풍경이 감탄스럽지 않다기보다, 네가 느끼는 감정은 네가 하는 일에서 중요하지 않기 때문이야. 중요한 것은 네가 무엇을 보는지니까. 오래도록 바라보는 것, 귀를 기울이고 냄새를 맡는 것, 음식을 씹고 음미하는 것. 그렇게 감각을 통해 기억을 만들어내는 것. 그런 것들은 너의 지난 10년을 구성하고 있는 중요한 요소야. 세부적인 사항들이 기억에서 잊힐 때쯤 뇌에 남는 부분이란 그런 식으로 감각에 기댄 정보들이거든. 그렇게 남은 정보들만이 10년이 지나고 20년이 지나도록 사람의 머릿속에 박혀 있는 거지.

너는 바닷가 맞은편에 있는 염전 박물관을 발견해. 낡고 오래된 건물이야. 내부는 불을 꺼둔 것처럼 어둡지. 정문은 자물쇠로 잠겨 있는데, 오랫동안 열지 않았는지 여닫는 부분에 녹이 슬어 있어. 너는 손으로 차양을 만들어 정문에 달린 작은 창을 통해 안을 들여다보지. 내부에는 나무로 만든 커다란 상자들이 군데군데 쌓여 있어. 이사를 나가는 것 같기도 했고 아직 짐을 풀지 않은 것 같기도 했지. 그때 너는 누군가가 옆으로 다가오는 기척을 느껴. 너는 창문에서 떨어져 반대편으로 몸을 틀어. 품이 큰 남색 점퍼를 입은 남자가 생각보다도 가까운 거리에서 너를 바라보고 있었지. 남자가 영어로 말했어.

여기는 문을 닫은 지 오래요.

너는 가볍게 고개를 끄덕인 뒤 발길을 돌려. 그리고 네 뒷모습을 바라보는 남자의 시선을 느끼지. 남자가 말했어.

당신, 작년에도 여기에 오지 않았어요?

너는 몸을 돌려 대답해.

아니요, 여긴 처음입니다.

남자는 너의 얼굴을 유심히 바라보며 왠지 익숙해서 그렇다고 하지.

동양인들이 비슷하게 생겨서 그렇겠죠.

아마도요.

남자는 말끝을 흐렸어. 너는 남자가 말을 끝맺지 못한 이유를 확신이 없기 때문이라고 짐작하지. 너는 남자를 뒤로한 채 산책로를 따라 걸음을 옮겨. 뒤를 돌아보지 않더라도 남자가 여전히 너를 바라보고 있는 것을 느낄 수 있지. 너는 남자가 착각한 것이라 여겨. 하지만 그렇게 말하는 남자의 얼굴은 마치 너를 알기라도 하는 사람처럼 보였어. 너는 걸음을 서두르지. 너에게는 이곳을 방문한 기억이 없어. 어쩌면 의뢰인이 과거에 이 마을을 다녀갔던 걸지도 모르지. 의뢰인이 이미 방문했던 곳의 기억을 요청하는 건 종종 있는 일이거든. 하지만 의뢰인과 너의 얼굴은 조금도 닮지 않았어. 연령대는 물론 체형도 달랐지. 의뢰인이 이곳에 온 적이 있다 하더라도 이곳의 사람들이 너를 의뢰인으로 생각할 리는 없어. 어쩌면 남자에게는 너와 비슷한 체구의 동양인을 봤던 기억이 있는지도 모르지. 익숙한 게 아니라 비슷하다고 말하고 싶었던 걸 수도 있고, 네 말처럼 동양인들은 모두 비슷하게 생겼는지도 몰라. 그리고 어떤 사람은 비슷한 것을 익숙한 것으로 착각하기도 하지. 너는 곧 생각하기를 그만둬.

*

정오가 되자 햇빛이 점차 강해져. 너는 해안가를 떠나 중앙 광장으로 걸음을 옮겨. 바다에서 벗어날수록 바람이 잦아들어. 너는 적당해 보이는 카페에 들어가 피클을 뺀 햄 샌드위치와 커피를 주문해. 음식이 커피보다 먼저 나왔는데, 빵은 말라서 딱딱했고 양상추는 수분 없이 눅눅했지. 소설은 이제 막 중반부에 접어들고 있어. 좀처럼 책 읽는 속도가 나지 않아. 강제 수용소로 끌려가 죽음과 같은 굶주림에 시달리는 책의 주인공 때문인지 아니면 형편없는 샌드위치 때문인지, 너는 점점 불쾌한 기분에 사로잡혀.

그리고 너는 그 이유를 조금 전 카페로 들어선 사내의 탓으로 돌려. 사내는 품이 큰 남색 점퍼를 입고 있었어. 점퍼의 등 부분에는 이탈리아어로 메켈 정비소라고 쓰여 있었지. 박물관에서 마주친 남자의 낡은 점퍼와 비슷해 보였는데 같은 사람으로 보이지는 않아. 너는 광장 근처에 정비소가 있으리라 여겨. 그렇다면 해변을 서성이던 그 남자는 무엇을 고치러 그곳에 왔던 것일까.

네 두 눈은 여전히 책에 고정되어 있어. 하지만 너는 아까부터 계속 같은 문장을 읽고 있지. 정비공이 점점 너에게 다가오고 있었거든. 너는 왠지 모르게 손에서 땀이 나

138

는 것을 느껴. 마치 네가 사내를 훔쳐보고 있기라도 한 것처럼 말이야. 그렇게 네 앞에 선 정비공의 얼굴은 아까 박물관 앞에서 본 남자의 것과 같았어. 남자가 말했어.

역시 당신이 맞네요.

일말의 고민이나 추측이 내포되지 않은 단정적인 말. 어쩌면 그건 남자가 영어에 능숙하지 않기에 내린 선택일 수도 있어. 한편으로 그 말은 네가 남자의 확신을 알아채기에도 충분했지. 너는 왼쪽 귀에서 열감을 느껴. 너는 남자의 말을 제대로 이해할 수 없어. 남자를 본 것은 오늘이 처음이었거든. 남자는 예전부터 알고 있던 사람을 만난 것처럼 너에게 말했어. 너는 고개를 내저으며 정비공의 말을 부정하지만 붉어진 귀 때문에 마치 거짓말을 하는 사람처럼 보이네.

*

키튼 앤드 마거릿 주식회사의 의뢰인들은 대부분 일이나 가족 때문에 옴짝달싹할 수 없는, 지나치게 바쁜 사람들이야. 그들은 휴가를 내 어디론가 훌쩍 떠나는 일이 불가능하거나 혼자만의 시간을 보냈던 기억이 희미해지면 회사에 의뢰를 해왔어. 다른 이들이 만들어준 기억을 실제 여행에 드는 비용보다도 비싼 값에 사들이는 셈이지. 그렇게 부유하고 시간이 없는 일 중독자들은 키튼 앤드 마거릿 주식회사의 주요 고객이었어. 여행의 피로감이나 시간에 대한 부담감이 배제된 기억은 실제보다도 완벽했어. 직접 경험하지 않았을 뿐이지 그 모든 기억은 진짜였으므로, 키튼 앤드 마거릿 주식회사의 일은 중요했어.

네팔에서 돌아온 후, 네가 일선에 복귀하기까지는 반년이 걸렸어. 그동안 너는 조금이라도 추운 기운이 올라올 때마다 몸을 떨었어. 바람이 불면 오한이 왔고, 동상에 걸렸던 손가락이나 코, 발끝의 부분 부분에 물집이 잡혔지. 가려움증은 점차 심해졌고, 왼쪽 엄지발가락에는 더 이상 발톱이 자라지 않았어. 그동안 너는 그때의 기억에서 조금도 벗어날 수 없었어. 평생을 잊을 수 없으리란 두려움에 몸이 움츠러들 지경이었으니까.

그러던 어느 날, 너는 지하철역을 올라가는 계단에서 익숙한 얼굴의 남자와 마주쳤어. 그리고 네가 느꼈던 실제적 고통이 환상일지도 모른다고 생각했지. 네가 본 것은 계단 전면에 설치된 B사의 아웃도어 의류 광고였어. 광고 영역 안으로 들어가자 주변 온도가 내려갔고 네 앞으로 차가운 바람이 불어왔어. 너는 수개월 전에 잘라낸 왼쪽 귀 끝이 빨갛게 달아오르는 것을 느꼈지. 눈 앞에 펼쳐진 홀로그램을 통해 빙하로 뒤덮인 험준한 산자락이 보였어. 계단 끝에서 나타난 한 남자가 산악 장비를 착용한 채 네 옆으로 힘겹게 걸음을 옮겼어. 어느새 한참 앞서 나간 남자가 뒤를 돌아 너를 바라보았지. B사에서 새로 출시한 산악용 의류 브랜드의 광고였어.

너는 그 광고의 모델이 반년 전에 에베레스트를 오르던 너라는 것을 깨달았어. 정확하게는 네 얼굴이 아닌 B 의류 회사 임원인 의뢰인의 얼굴이었지만, 너는 그 합성된 영상 속에서 네 기억을 찾아낼 수 있었어. 너는 모자에 가려져 귓불밖에 보이지 않는 남자의 귀를 바라보며, 왼쪽 귀를 더듬었어. 존재하지 않는 귀의 끄트머리가 욱신거렸지. 의뢰인은 자회사의 브랜드 산악 의류를 착용한 채 에베레스트를 등정했던 기억에 힘입어 올해는 부사장으로 취임할 예정이라고 했지.

너는 계단에 서서 당황했어. 마치 너의 기억이 의뢰인에게 강탈당한 것처럼 느껴졌거든. 실제로 조난을 당하고 귀의 일부를 잃은 사람은 의뢰인이 아닌 너였지만, 너는 이제 더는 그 기억을 자신이 겪은 일처럼 느낄 수 없었어. 너의 기억은 의뢰인이 합당한 값을 치르고 사유화한 재화였으니까. 너는 그 순간, 어쩌면 수년이 흐른 뒤엔 네가 겪은 그때의 기억이 그저 언젠가 보았던 광고로만 여겨지리라는 예감에서 벗어날 수 없었어. 네 몸에 남은 명백한 상처 자국과 후유증에도 불구하고, 그런 일을 겪었다는 것 자체를 기억하지 못할 것만 같았거든.

그런 식으로 팔려나간 기억들은 너의 몸에 지워지지 않는 검은 얼룩으로 남았어. 그 얼룩들이 영영 텅 빈 공백으로 남으리라 생각하면 잠을 이룰 수 없었지. 너는 네가 아름다운 풍경 속에서도 인간적 감흥을 느끼지 못하는 이유를 어렴풋이 알 것 같았어. 그 모든 감각은 온전히 너의 것인 적이 없었어. 너는 너에게 남겨진 공백을 어떻게 메워야 할지 몰랐어. 모든 과거는 불확실한 방향으로 나아갔지. 그렇다면 너에게 남아 있는 건 뭘까. 네 몸에, 네 기억에 남아 있는 건 무엇일까. 정작 중요한 부분은 잘려나간 채로, 아무도 갖고 싶어 하지 않는 지나치게 괴로운 기억들만이 네 것으로 남는다면, 그것들은 너를 어떻게 만들었을까.

*

어쩌면 그런 식으로 너의 기억들이 유실되어 왔으므로, 너는 너를 기억한다고 말하는 정비공을 쉽게 떨쳐 보낼 수 없었던 듯해. 하지만 네가 기억하지 못하는 방문이 실제로 있었다 하더라도, 지금 당장 그 사실을 인정할 수는 없어.

이것은 너의 휴가가 아니니까. 이런 일이 반복된다면 너는 이번 기억에 실패하게 되겠지.

너는 네 앞에 앉아있는 정비공을 바라봐. 턱밑에 듬성듬성하게 난 수염 때문에 피곤하고 거칠어 보이는 인상이야. 정비공의 눈과 목소리는 너를 알고 있다는 확신을 품고 있었어. 남자는 불쾌한 표정을 하는 네 앞에서 눈 하나 까딱하지 않고 샌드위치를 주문했어.

밥을 먹기 좋은 식당은 아니에요. 이렇게 작은 마을인데 이 집 주인이 채소를 사러 시장에 나가는 걸 한 번도 못 봤어요.

너는 작게 한숨을 쉬며 정비공에게 말해.

나는 당신이 생각하는 사람이 아닙니다.

어떻게 그렇게 확신하죠?

제가 이곳에 왔었다면 기억을 했을 거예요. 그리고 다시 오지는 않았을 거 같군요.

종업원이 미리 만들어두었던 것처럼 소스에 푹 절어 있는 샌드위치를 정비공 앞에 놓았어. 그는 입을 크게 벌려 샌드위치를 베어 물었지. 퍼석한 소리와 함께 샌드위치의 반이 그의 입속으로 들어갔어. 남자의 턱수염에 마요네즈와 노란 겨자씨가 묻어났어. 그는 질긴 고기를 씹는 사람처럼 오랫동안 턱을 움직였지. 그리고 아직 넘기지 않은 조각들을 입에 머금은 채로 말했어.

정말 그렇게 생각해요?

너는 역겨움을 참으며 겨우 말을 내뱉지.

만약 제가 이곳에 왔었고 그걸 기억해내지 못하는 것뿐이라고 해도, 그게 당신이 내게 아는 척을 할 만한 이유는 못 됩니다.

남자는 순간 인상을 쓰며 접시에 반쯤 먹은 피클을 뱉어냈어.

젠장! 여기 피클 맛이 끔찍하다는 걸 깜박했네요.

남자는 네 앞에 놓인 피클이 빠진 샌드위치를 바라보며 말했지.

푸아 씨가 왜 그렇게 공격적인지 모르겠어요.

순간, 너는 고개를 들어 남자를 바라봐.

푸아. 남자는 정확히 너에게 말하고 있었어. 분명하게, 남자의 입에서 나온 이름은 의뢰인의 것이었지. 너는 의뢰인의 나이, 출신 학교, 가족 관계와 같은 기본적인 정보를 숙지하고 있었어. 휴가지에서 발생할 수 있는 예상 가능한 대화를 위한 것이었지. 하지만 그러한 준비 과정은 어디까지나 의뢰인을 알고 있는 사람이 아닌, 의뢰인을 알지 못하는 사람을 위한 것이었어. 오히려 의뢰인을 알고 있는 이들은 너를 보고 의뢰인을 떠올릴 수 없을 테니까. 아까도 말했지만, 너와 의뢰인의 외관 사이에는 공통점이 없거든. 하지만 남자는 순간적인 착각이 아닌 확신을 가진 것 같았어.

왜 내가 그 사람이라고 생각하는 겁니까?

남자는 그제야 말이 통한다는 듯이 살짝 웃었어. 너는 그 웃음을 보며, 네가 잘못 반응했다는 걸 깨달아.

당신이 그 사람 자리에 있으니까.

너는 팔뚝에 닿은 철제 테이블의 차가운 감촉을 느껴. 그 감각은 지금 벌어지고 있는 일이 현실이라 말해주고 있었지. 정비공은 네가 컵 밑에 받쳐놓았던 냅킨을 빼내 입에 묻은 소스를 닦았어. 그리고 자리에서 일어나 너에게 말했지.

우리가 세 번째 만날 때는 인정해야 할 거요. 당신도 나를 알고 있다는 걸 말이에요.

그게 무슨 말입니까?

그렇게 될 거요.

정비공은 말을 마치자 몸을 돌려 카페 밖으로 사라졌어. 너는 종업원을 불러 자리에 남은 정비공의 접시를 치워달라고 해. 너는 테이블 위의 빵 부스러기를 털어낸 뒤 옆자리에 있던 여분의 냅킨을 가져다 잔 밑에 깔지. 그리고 다시 책을 펴고 조금 전에 읽었던 부분을 찾아내. 기억을 편집할 시점은 완벽해 보여. 의뢰인의 기억에 정비공이 들어갈 필요는 없는 거니까. 하지만 너는 테이블 가장자리에 남아 있는 작은 얼룩을 발견하지. 그 얼룩은 언제부터 거기에 있었지? 너는 이제 책에 적힌 단어를 하나도 이해하지 못하리란 것을 깨달아.

*

너는 남자가 어디서부터 자신을 따라왔는지 짐작도 하지 못해. 카페에서의 만남이 우연이 아니듯, 박물관에서의 만남 또한 우연은 아니었을 거야. 너는 남자의 목적을 알지 못해. 하지만 남자는 네가 의뢰인의 신분으로 이 마을에 도착했다는 것을 알았지. 그리고 너에게 따라야만 하는 일정이 있다는 것도 알았어. 너는 이 작은 마을에서 고작 사흘을 지냈을 뿐이야. 오늘 이전에 남자를 보았던 기억은 없었어. 너는 네가 방문했던 유적지와 식당을 떠올리며 남자를 기억해내기 위해 노력하지만 남자는 마치 오늘 이전에는 존재하지 않았던 사람처럼 어디에서도 발견할 수 없었어. 너는 피곤이 몰려오는 것을 느껴.

너는 호텔로 걸음을 옮겨. 남자가 그렇게 가고 나자, 카페에 앉아 책을 읽는 시늉을 하고 있을 수 없었거든. 너는 머릿속에 떠오르는 의문들을 잠시라도 잊기 위해 노력해. 호텔에 들어서자 프런트에 있는 직원이 푸아 씨, 라고 이름을 부르며 너에게 인사를 건네네. 너는 순간 걸음을 멈추고 의뢰인의 이름을 부른 직원을 바라보지. 그러자 오히려 직원 쪽에서 당황하며 너에게 다가와. 너는 그제야 자신이 이곳에서 의뢰인의 이름을 쓰고 있다는 걸 깨달아. 어쩌면 의뢰인의 이름을 알아내는 것은 생각보다 쉬운 일이었을지도 모르지. 하지만 남자가 아는 건 그게 전부가 아니었어. 너는 직원에게 가볍게 눈인사를 한 뒤 서둘러 엘리베이터를 타.

　너는 호텔 객실에 들어가 바지와 셔츠를 벗고 이를 닦아. 부패한 음식을 먹은 것처럼 입안에서 지독한 냄새가 나는 것 같았거든. 너는 의뢰인의 습관대로 잇몸에 상처가 날 정도로 세게 이를 닦지. 물로 입을 헹구자 잇몸이 아릴 정도야. 너는 잘 정리된 침대에 몸을 누이고 이불을 덮어. 마치 잠이 든 것 같은 모습을 연출하지. 몇 분 뒤, 너는 눈을 뜨고 협탁 위에 놓았던 핸드폰을 집어 키튼 앤드 마거릿 주식회사의 사이트에 접속해. 사이트 중앙에는 바탕체로 쓴 회사의 광고 문구가 걸려 있어.

　키튼 앤드 마거릿 주식회사의 모든 프로젝트는 의뢰인 한

명을 위한 영화나 다큐멘터리를 제작하는 것과 같습니다. 우리의 기억은 개인의 성향과 취향을 반영하여 실제와 같은 생생함과 만족감을 주지만 죄책감이나 불편함과 같은 부정적인 감정은 최소화합니다. 당신은 가족에게서 벗어나 은밀한 휴가를 즐길 수 있고, 이국적인 국가로 사냥 여행을 떠날 수도 있습니다. 그러나 아무런 양심의 가책을 느끼지 않아도 됩니다. 그것은 당신의 기억이지만 당신의 몸은 깨끗하고 손은 피로 더럽혀지지도 않습니다.

회사에서 작년에 새로 만든 문구야. 너는 그 자극적인 문구로 인해 올해 의뢰의 대부분이 매춘과 동물 사냥에 집중되고 있다는 걸 들은 적 있어. 문구 덕에 매출이 상승하고 있는 것 또한 사실이었지. 회사에서는 문구와 달리, 기버들이 저지르는 모든 불법 행위의 의도가 의뢰인에게 있으므로 기버 쪽에서는 책임을 느낄 필요가 없다고 했어. 하지만 의뢰인의 손이 깨끗하다는 것이 강조될수록, 너는 그들이 버리고 간 무언가가 네 몸에 남겨져 있으리라는 생각을 지울 수 없지.

너는 상사의 개인 정보를 입력하고 관리자 페이지를 열어. 그곳에는 진행 단계에 있는 여러 프로젝트의 정보가 정리되어 있어. 너는 네가 수행하고 있는 프로젝트의 보안

등급이 꽤 높은 축에 속한다는 것을 깨달아. 등급이 높다는 것은 의뢰인의 사회적 지위가 높거나 회사의 정기적인 고객이라는 의미였어. 그리고 이번 의뢰인은 두 가지 모두에 해당했지. 정비공은 너를 의뢰인의 이름으로 불렀어. 네가 의뢰인의 대리자가 아닌, 의뢰인 자체인 것처럼 너를 불렀지.

'당신이 그 사람 자리에 있으니까.'

남자는 그렇게 대답했어. 그 사람의 자리. 그 말은 결국 이전의 누군가가 너와 똑같은 행동을 했다는 의미일지도 모르지. 그리고 너의 행동은 키튼 앤드 마거릿 주식회사의 정기적인 고객에 의해 이미 결정된 사항이었어. 너는 내부 자료 속에서 마을의 이름을 검색해. 총 열다섯 건의 완료된 프로젝트가 마을의 이름과 연관되어 있네. 시칠리아섬 끄트머리에 있는 작은 마을치고는 지나치게 많은 횟수였지. 각각의 프로젝트에 대한 구체적인 내용에는 접근할 수 없었어.

너는 회사에서 너에게 지급했던 근 10년간의 급여 내역을 조회해. 적게는 1년에 한 번, 많게는 서너 달에 한 번씩 지급됐던 보상금 내역이 적지 않은 금액으로 표기되어 있어. 프로젝트를 진행하면서 예상치 못하게 벌어졌던 사고들에 관한 보상금이었지. 곧이어 너는 연봉과 비슷한 액수의 성과급이 세 차례가량 지급된 기록을 발견해. 너는 기억을 더듬어보았고, 곧 그중 한 번의 성과급에 대해서만 기억해낼 수 없다는 것을 깨달아. 처음 일을 시작했던 10년 전 여름에 지급된 보수였지. 지급 날짜를 보고도 별다른 기억이 떠오르지 않자 너는 당황하기 시작해. 하지만 너는 그것 말고도 많은 일을 기억하지 못했어. 어떤 기억들은 잃어버리는 쪽이 삶을 살아가는 데 더 도움이 되곤 했으니까. 그러나 기억하지 못하는 어떤 일로 많은 돈을 받았다는 건, 그것이 성과에 의한 결과라기보다 보상의 개념일지도 모른다는 의심을 품게 하지.

너는 이전에 네가 진행했던 프로젝트 내역을 살펴보며 10년 전 여름의 기록을 조회해. 인터넷으로 열람할 수 있는 프로젝트는 지난 6년 동안의 기록이 전부였어. 너는 회사에 의뢰인에 관한 공개되지 않은 정보를 열람할 것을 요청하지. 너는 핸드폰을 다시 협탁 위에 올려놔. 식사 시간까지는 아직 여유가 있어. 너는 다시 눈을 감고 짧은 잠을 청해.

*

네가 일을 하면서 정말로 죽을 수 있다고 생각한 건 아

이스폴 지대에 갇혔을 때가 처음이었어. 적어도 네 기억상
으로는 그랬지. 구조를 기다리는 동안 너는 지금 죽으면
네 이름이 부고로 뜰지, 아니면 의뢰인의 이름이 부고로
뜰지 알 수 없다고 생각했어. 평소 같으면 하지 않았을 멍
청한 생각이었지만, 그곳에서 죽지 않고 버티기 위해 너는
어떤 생각이라도 해야 했어. 발밑의 갈라진 틈새 사이는
밤보다 깜깜했지. 눈보라는 송곳처럼 네 몸을 찔렀어. 너
는 바람을 피하고자 틈새라고 하기에는 지나치게 넓은 빙
하의 균열지대 속으로 자꾸만 파고들었어. 발 디딜 곳조차
구분할 수 없을 정도로 깜깜한 그 속은 바람보다 정적으로
가득했지. 조금씩 마비되는 감각들 사이로, 너는 네가 허공
에 거꾸로 매달려 있는 것만 같다고 여겼어. 추락하는 것
이 아니라 부유하는 거라고 여기면 견디지 못할 일조차 견
딜 수 있을 것 같았거든.

*

　꿈에서 너는 어떤 여자를 봐. 실은 본다는 것처럼 명확
하지는 않지. 냄새를 맡거나 목소리를 듣는 것처럼 불확실
해. 네가 결혼을 했던가? 너는 몹시 그리운 느낌이 들지만
그 여자가 무척 낯설게 느껴지기도 하지. 낯선 사람의 냄

새와 익숙한 사람의 목소리. 뭉개진 말들에 너는 두려움과 그리움을 동시에 느껴. 그건 온전히 너의 감정일까, 아니면 익숙한 착각에 불과할까. 오래된 상실과 그럼에도 익숙해지지 않는 어떤 감각들, 잃어버린 것들, 누군가에게 강탈당한 감정들. 너는 그것들 속에서 네가 지금 보는 것을 확신할 수 없어. 명확해야 할 것들이 의심할 수밖에 없는 것들이 되지. 그래서, 여자는 누구지?

잠에서 깬 너는 순간 이곳이 어디인지 기억나지 않아. 익숙하지 않은 풍경에 정신이 들지 않지. 눈에 보이는 모든 것들이 낯설게 느껴져. 너는 다시 눈을 감고 새로운 것이 아닌 익숙한 것들을 그리워해. 하지만 익숙한 것들에 대해 생각하면 할수록, 그것들은 희미하게 흩어지고 말아. 너는 아주 오래전부터 집을 나와 있던 사람처럼 지치고 피곤해져. 그리고 네가 다시 눈을 떴을 때, 모든 것들은 여전히 낯설게 느껴지지. 너는 얼마 지나지 않아 상황을 이해해. 곧 머릿속에 정비공의 얼굴이 떠올라. 이제 와 돌이켜보니 그 얼굴에는 처음부터 깊은 확신이 그려져 있었어.

메켈 정비소.

너는 남자의 등에 쓰여 있던 이탈리아어를 중얼거려. 커피 테이블 위에 개켜놓았던 셔츠와 바지를 차려입지. 셔츠에 바닷가에서 맡았던 소금 냄새가 배어 있어. 너는 가방에서 연한 회색 셔츠를 꺼내 상의를 갈아입지. 프런트에 들러 예약해놓았던 식당으로 가는 길을 물어. 식당은 호텔에서 그리 멀지 않은 곳으로 바닷가 근처에 있어. 너는 문득 생각났다는 듯 직원에게 묻지.

혹시 광장 근처에 자동차 정비소가 있습니까?

시내까지 나가셔야 합니다. 자동차에 문제가 생겼나요?

큰 문제는 아닙니다. 이 지역에는 없습니까? 작은 곳이라도 괜찮을 것 같은데.

작년까지는 한 곳이 있었는데 폐업을 했습니다. 출장 신청을 하시면 내일 아침까지 손볼 수 있도록 조치하죠.

아니요, 괜찮습니다. 혹시 그 폐업한 곳의 이름을 좀 알 수 있습니까?

메켈 정비소요. 아는 곳인가요?

……처음 듣습니다.

너는 남자의 낡고 오래된 신발과 지저분한 인상을 떠올려. 어쩌면 남자는 돈을 목적으로 접근한 걸지도 모른다고 생각하지.

호텔을 나서니 이미 해가 지고 있어. 낮보다 조금 쌀쌀해진 날씨에 팔에 소름이 돋네. 어쩌면 모든 일정은 이제 의미가 없어진 걸지도 몰라. 더는 의뢰인의 역할을 대신할 필요가 없을 수도 있어. 정비공이 등장한 시점부터 이번 기억은 실패했는지도 모르지. 다시 호텔로 돌아가 잠을 자는 게 나을 수도 있어. 하지만 너는 가만히 그렇게 앉아있을 수 없어. 의뢰인의 일정이 그것을 원하고 있는 게 아니라면, 너는 어딘가로 계속해서 이동해야 했으니까. 네 마음속에는 기묘한 흥분과 불안이 교차하지. 너는 정비공이 나타나지 않기를 바라는 동시에 지금이라도 당장 그의 앞에 나타나기를 바라. 거기에는 설혹 너 자신마저 과거의 일에 연관되어 있을지도 모른다는 불안감이 섞여 있지만, 그렇다 하더라도 너에게는 앞으로 나아가는 것 외에 다른 선택권은 없는 것으로 보여.

*

예약된 자리에 앉자 눈앞으로 바다가 보여. 짙은 붉은색의 노을이 지고 있네. 네 앞에 놓인 사물들이 붉게 물들어가. 종업원이 회향과 사프란을 곁들인 파스타를 네 앞에 놓았어. 그 위에는 구운 정어리가 올려져 있지. 너는 나이프를 이용해 정어리의 머리를 자르고 뼈를 발라내. 너는 자신을 둘러싼 아름답고 고요한 풍경이 정서적인 만족감을 강요하고 있다고 느껴. 너는 과거에 창백한 푸른색을 띠는 노을에 대해 들어본 적이 있어. 화성에서의 노을

이 그렇다고 해. 너는 푸른색의 노을을 생각해. 어쩌면 노을은 본래 창백한 푸른색을 띠는 것인지도 모르지. 하지만 그 푸른색은 지구 표면에 도착하기도 전에 흩어져서 지구에 당도했을 때는 오직 붉은색으로 남겨지는 거야. 사람들은 결국 붉은색의 노을밖에 보지 못하는 거지.

너는 이내 적당한 크기로 정어리의 살을 잘라. 적당한 크기라는 건 네가 정한 게 아니라 의뢰인이 정해준 크기였어. 하지만 노을에 대한 생각은 의뢰인이 정해준 이야기가 아니었지. 그러므로 너는 노을의 색이 붉건 푸르건 눈앞에 있는 생선의 살을 적당한 크기로 잘라 먹는 것에 집중해. 그건 어려운 일이 아니야. 그건 어려운 일이 아니었어. 그건 지금도 어렵지 않게 해치울 수 있는 일이야. 그렇지 않다고 하더라도 불필요한 기억은 지우면 그만이야. 기억에서 무엇을 지우고 무엇을 남길지에 대해 가장 잘 아는 건 너일 테니까.

해가 지면서 시야는 조금씩 어두워져. 항구 주변으로 하나둘 가로등이 켜지지. 너는 오랜 시간을 들여 천천히 음식을 먹어치워. 그러자 지금까지 일어났던 모든 일이 머릿속의 망상처럼 느껴져. 정비공을 만났던 일과 그와 나누었던 대화, 입고 있던 점퍼와 이미 폐업한 정비소는 아무런 연관성 없는 조각들에 불과해 보여. 더는 생각을 진행하지 않고 거기에서 멈출 수도 있을 것 같아. 너는 이번 일이 끝난 뒤에는 당분간 일을 쉬어도 좋겠다고 생각하지. 그저 집에 가만히 누워, 아무것도 느끼거나 보지 않고 지내도 좋을 거야. 그때, 네 핸드폰이 울려. 회사로부터 온 메시지였어. 의뢰인의 인적사항에 관한 요청이 프로젝트와 관련이 없다는 이유로 거절되었다는 내용이었지. 너는 핸드폰을 바지 주머니에 넣어. 너에게는 아직 마지막 일정이 남아 있어.

너는 의뢰인과 정비공의 관계가 단순히 근래에 시작됐을 리는 없다고 생각하지. 그들은 이전부터 서로에 대해 알고 있는 것 같았거든. 정비공은 의뢰인과 나이는 물론 생김새마저 다른 너를 보고도 의뢰인을 떠올렸어. 남자가 이전에 본 의뢰인이 네 모습을 하지 않고서는 불가능한 일이었지. 하지만 너에게는 이곳에 온 기억도, 오늘 이전에 남자를 본 기억도 없어. 너는 기억나지 않는 10년 전 여름을 떠올려. 끊임없이 흘러내리던 땀만이 겨우 기억에 남아 있어. 그때 네 옆에 누군가가 있었던가? 그랬을지도 모르지. 모든 것을 알기에는 이미 늦었을지도 몰라. 하지만 남자는 너를 다시 만날 거라고 했어.

그리고 네가 호텔에 들어가 객실의 문을 열었을 때, 거기에는 이미 알고 있는 얼굴의 남자가 널 기다리고 있었어. 정비공이었지. 남자는 여전히 메켈 정비소라 쓰여 있는 점퍼를 입은 채 침대 위에 걸터앉아 있었어. 너는 남자를 보자 어쩐지 그런 광경을 이미 예상했던 사람처럼 차분한 마음이 들어. 남자가 말했어.

당신은 매번 같은 호실에 묵어서 찾기 쉬웠어요. 게다가 본인 이름으로 되어 있더군요.

너는 몇 시간 전 마을의 이름을 검색했던 일을 기억해. 이번 일을 포함해 총 열여섯 번의 프로젝트가 이 작은 마을과 연관되어 있었지. 너는 남자의 말에 긍정도, 부정도 할 수 없어. 너는 의뢰인의 이름으로 이곳에 온 것이었지만 실제로 의뢰인 본인은 아니었으니까. 너는 미니바에서 작은 크기의 술병을 꺼내 마셔. 차가운 알코올이 식도를 통과하자 몸 전체가 뜨끈뜨끈해지지. 너는 방금 네 행동이 누구의 행동이었는지 구분할 수 없어. 네가 술을 마신 건 의뢰인으로서 마신 건가, 아니면 너로서 마신 건가. 너한테 이제 그런 행동을 할 자격이 있기는 한 걸까.

카페에서 남자는 너를 의뢰인으로 인식한 사람처럼 말했지. 어쩌면 남자는 한 번도 의뢰인의 얼굴을 본 적이 없는 것일 수도 있어. 너는 영원히 입을 다물 수도 있어. 하지만 그러지 않기로 하지. 너는 말해.

그 사람으로 온 건 맞지만, 정확히 제가 그 사람인 건 아

닙니다. 당신이 이해할 수 있으리라고 생각하지는 않아
요…….

네 말에 남자는 짧게 웃었어. 너는 그 웃음에 당혹스러
워하지. 이번에도 당황하고 혼란스러워하는 건 너뿐이네.
남자가 말했어.

이 동네에 당신을 포함해서 지금까지 열 명의 사람이 왔
었어요. 올해로 10년째요. 그 얼굴을 매번 어떻게 바꾼 건
지는 모르겠어요. 그중에 적어도 한 명은 푸아 씨였겠죠.
아니면 모두 푸아 씨였다거나.

그들 모두가 다른 얼굴을 했었다는 말입니까?

모두 다른 얼굴이었어요. 그런데 그들 모두 같은 곳을
가고 같은 음식을 먹더군요. 처음에는 몰랐어요. 그게 특정
인들에게 유명한 관광코스일지도 몰랐으니까. 어떻게 그
다른 모습을 한 모두가 같은 사람일지도 모른다는 상상을
할 수 있겠어요. 물론 그런 생각을 한다고 해서 그게 정말
로 사실일 거라고 믿지는 않았지만.

남자의 말은 고민과 추측을 담고 있었지만 그 말의 의미
만큼은 명확했어. 망설임은 보이지 않았지. 마치 같은 이
야기를 수십 번이고 반복해서 말했던 사람처럼 말이야. 너
는 그렇게 쌓인 단단한 확신이 두려워져. 남자는 뒤이어
말했어.

하지만 당신 같은 사람들을 10년째 보다 보니 그런 생각이 들더군요. 정말로 그 많은 사람이 결국은 한 사람이었던 걸지도 모른다고.

남자의 말에 따르면 적어도 열 명, 혹은 아홉 명의 기버들이 이곳에서 같은 행동을 했다는 것이 돼. 혹은 그보다 더 많았을지도 모르지. 너는 머릿속이 복잡해지지. 회사에서는 어째서 이런 프로젝트를 승인했던 걸까. 의뢰인은 도대체 어떤 의미가 있다고 이런 일을 반복했던 것일까. 그러다 너는 오늘의 마지막 일정을 기억해내. 네가 말하지.

이곳에서 기다려야 할 여자가 있습니다.

남자는 고개를 내려 한참 동안 자신의 발밑을 보았어. 그의 두 귀와 목덜미는 어느새 붉어져 있었지. 너는 남자의 귀 뒤쪽을 바라봐. 이윽고 고개를 든 남자는 처음 만났을 때처럼 분명한 얼굴을 하고 있었어.

아내는 이제 그 일을 할 수 없어요.

그게 무슨 말이죠.

아내는 죽었어요. 이제 오지 않는다고.

남자는 왜 네 앞에 나타난 걸까. 그녀가 이 마을의 유일한 매춘부이기라도 했던 걸까. 하지만 너는 그 말을 듣는 순간 알았어. 정비공의 아내 또한 10년 이상 벌어진 이 일의 일부였다는 걸 말이지. 처음부터 네가 만나야 할 사람은 정비공이 아니라 그녀였어. 인적이 드문 박물관 앞에서 마주할 사람도, 광장에 있는 카페에서 우연처럼 다시 만날 사람도 정비공이 아니라 그의 아내여야 했던 거야. 의뢰인은 정해진 휴가지를 10년 넘게 방문하며 같은 음식을 먹고 같은 풍경을 보고 같은 여자와 잠을 잤던 거지. 그런 생각이 들자, 너는 이곳에서의 모든 일이 계획된 일상의 부분 같다고 느껴. 매년 다른 기버가 그의 역할을 했다는 게 의뢰인에게 큰 의미가 없었던 걸까. 그 열 명의 기버들은 모두 이런 사실을 알고 있던 것일까. 알면서도 의뢰인에게 동조했던 것일까. 하지만 이미 너는 알고 있어. 그들이 그런 걸 알 필요는 없으니까. 지금의 너처럼 말이야.

네 머리는 곧 혼란스러운 생각들로 가득 차. 그 열 명의 기버들이 성공했던 일을 자신이 모두 망가뜨리고 있다는 걸 깨닫고, 죄책감에 휩싸이기도 하지. 하지만 그 죄책감은 누구를 향한 것이지? 네가 지금 느끼는 혼란 중 무엇 하나도 의뢰인의 계획과 맞아떨어지는 것이 없잖아. 아마도 의뢰인은 반복된 일상을 통해 삶을 유지해나가는 그런 유의 사람이었겠지. 매년 다른 남자를 만나러 나가는 아내나 그런 아내를 바라보는 남편의 의중 같은 건 아무런 변수가 되지 못했을 거야. 오히려 그 변수가 열 명 중의 한 명인 네게 있었다는 건 그 누구도 알지 못했지. 너는 남자에게 말해.

왜 처음부터 말하지 않았죠?

당신이 나를 보고도 거리낌이 없었으니까. 그러고 보니 당신들은 매번 그런 식이었군요. 매번 아무렇지도 않아 보였어요.

하지만 나는, 나는 정말 몰랐습니다. 나는 아니에요.

너의 말에 남자는 허탈한 표정을 지었어.

그렇다면 당신은 도대체 누구냐 말이요.

너는 대답할 말을 찾아. 잊고 있던 네 이름이 목 끝까지 밀려오지. 하지만 너는 네 이름이 남자에게 아무 의미가 없으리라는 걸 알아. 그래서 너는 이름을 말하는 대신, 다시 한번 네가 의뢰인이 아니라고 말하려 하지. 그런데 입을 떼는 순간, 누군가가 주문을 건 것처럼 말문이 막혀. 그것이 계약에 위배된 행동이기 때문인지 아니면 정말로 아니라고 말할 수는 없기 때문인지, 너는 잘 모르겠다고 작게 중얼거리지. 정비공이 말했어.

당신들이 열 명이든 한 명이든, 이제 그런 건 나한테 조금도 중요하지 않아요. 나한테는 이제 아무것도 없어요. 정비소도 그 여자도, 이제 나한테는 없어요. 애초에 나한테는 아무것도 없었던 걸지도 모르죠.

너는 남자의 말에 섞인 원망을 느낄 수 있어. 하지만 그게 누구를 향하고 있는지는 모르겠다고 생각해. 그러자 문득 너는 그게 원망이 아니라 절망에 가깝다는 걸 깨달아. 남자가 말했어.

당신들이, 당신이 망친 거요. 당신이 자꾸 오니까. 그 여자가 기대를 했단 말이요. 이렇게 다른 얼굴들인데. 아무렇지도 않은 것처럼 자꾸 그러니까. 어쩔 수 없이.

남자는 말을 끝맺지 못했어. 끝이 잘린 말들은 명확한 뜻을 품지 못한 채로 허공을 맴돌았지. 하지만 너는 정비공이 말을 마치기를 기다려. 침묵을 이해하지 못해서가 아니라, 그 마지막 말에 어떤 해답이라도 있기를 바라며 남자를 바라보지. 하지만 남자는 말을 잇지 못하고 자리에서 일어났어. 그리고 끝을 맺을 말을 오히려 네가 가지고 있기라도 하듯 네 주변을 두리번거렸지. 그러다 너를 봤어. 마치 너를 처음 발견한 사람처럼 너를 봤지.

……그러니, 당신은 이제 여기에 오면 안 돼요. 난 그 말을 하러 온 거요.

너는 남자의 오래된 신발과 빛바랜 점퍼를 봐. 아내가 죽기 전까지만 해도 지금처럼 낡지 않았을 점퍼를 생각해. 그리고 네가 느낄 필요가 없는 감정을 맞닥뜨리지. 너는 문을 나서려는 남자를 붙잡아 세워.

잠깐만 기다려요.

너는 객실 금고로 다가가 설정해놓은 비밀번호를 풀어.

금고에서 여분의 돈을 꺼내 정비공에게 건네. 충동적인 행동이었지. 그래, 대체 네가 무슨 자격이 있다는 거야. 네가 정말로 의뢰인이 되기라도 한 거야?

정비공은 네가 내민 돈을 가만히 바라봤어. 그가 고개를 숙인 탓에, 너는 그의 얼굴을 보지 못하지. 너는 어쩐지 남자가 흐느끼고 있다고 생각해. 그래서 너는 계속 남자의 붉은 귀만을 바라봐. 시선을 내리지도, 다른 곳으로 돌리지도 못하지. 그 모습이 익숙해질 정도의 시간이 흐른 뒤에야, 남자는 고개를 들었어. 그는 울지 않았어. 그가 너에게 말했어.

아내에게도 그랬나요?

너는 아무런 말도 하지 못해. 아무것도 알지 못하니까. 하지만 너는 의뢰인 같은 부류를 이미 겪어보아 알고 있어. 아는 만큼 죄책감을 느끼지. 의뢰인이 정비공의 아내를 사랑했을 리 없어. 그녀가 편하고 익숙했을 수는 있겠지. 그것은 하나의 패턴 같은 걸 거야. 아침에 일어나 뜨거운 물로 샤워를 하고 잘 다려진 옷을 입는 습관처럼 말이야. 아침을 먹고 출근을 하고 아내와 함께 잠을 자는 것과 같은 일상적인 일들 속에서 잠시나마 벗어나기 위해 만들어낸 새로운 종류의 패턴인 거지. 의뢰인은 어쩔 수 없이 다른 기버들을 보낸 게 아니야. 그때그때 사람만 바꿔준다면 남편도 눈치채지 못할 거라고, 적어도 자신은 안전하리라 생각했던 거겠지. 그 일로 정말 기버 중 누군가가 변을 당한다 하더라도, 의뢰인은 아무런 고통도 느끼지 못하겠지. 삭제하면 될 정도의 감각. 누구에게도 죄책감을 느낄 필요가 없는 감정. 그런 게 사랑일 수 있을까. 그걸 사랑이라고 말해도 부끄럽지 않을 수 있을까. 하지만 사랑조차 하지 않았다는 건 너무 가혹한 일이지 않은가. 너는 부끄럽고 끔찍한 기분을 느끼며 말해.

하지만 나는, 나는 아니에요.

너는 정비공이 그 말을 믿어주길 절박하게 바라. 너한테 그건 사실이니까. 적어도 너는 그렇게 믿었으니까. 너는 네가 믿는다면 남자도 믿을 수 있으리라 여겨. 하지만 그게 사실이 아니라는 걸 너도 알 거야. 그래, 그래서 너는 돈을 꺼냈지. 당혹과 수치를 이기지 못하고 결국에는 돈을 꺼내버리고 만 거야. 남자가 물었어.

그걸, 어떻게 그렇게 확신할 수 있는 거요?

너는 정말로 다를까. 다른 사람인 걸까. 정비공의 말처럼, 너는 그걸 어떻게 확신할 수 있지? 너는 손에 들린 돈을 남자 앞에 내밀어. 마치 그것이 용서의 값인 것처럼 말이야. 너는 남자를 제대로 보지도 못하면서 거듭 말하지.

제발 이 돈을 받아가세요.

남자는 지폐를 쥐고 있는 네 손을 바라보며 말했어.

죽었으면 좋겠네요.

너는 이번에도 그 말이 누구를 향한 말인지 알 수 없어. 그 말은 마치 남자가 스스로에게 하는 말처럼 들리기도 해. 너는 이제 고개를 들어 남자를 바라보고, 그에게서 눈을 떼지 못하지. 죄책감과 수치로 가득 찬 그 눈이 어쩐지 익숙하게 느껴지네. 지금 보니 남자의 눈은 네 것과 그리 다르지 않아 보여. 남자는 네 손에 들린 돈이 아내를 죽이기라도 한 것처럼 바라봤어. 끔찍하고 당혹스러운 광경 앞에서 힘이 빠지고 말조차 제대로 내뱉을 수 없는 사람같이 말이야. 정말로 네 손이 그의 아내에게 무슨 짓을 하기라도 한 듯이 그랬어.

그래, 어쩌면 그건 너에게 한 말이었을지도 몰라. 너는 그런 사내의 눈을 보며, 정말로 네가 그랬을지도 모른다고 생각해. 그럴 리가 없다고 여기면서도 너와 같은 기버들이, 의뢰인이 무슨 짓을 했을지도 모른다고 여겨. 남자의 말처럼 네가 다 망친 걸까. 그것은 애초에 망가진 것이 아닐까. 그렇다면 너에게는 일말의 잘못도 없는 것일까. 하지만 너는 아무것도 알지 못해. 너는 어떠한 것도 짐작할 수 없고 단정할 수 없지.

너는 이대로는 너무 억울하다고 생각해. 그래, 어떻게 보면 너는 정말 일을 한 것뿐이잖아. 네가 한 일 중에 원해서 했던 일은 하나도 없었잖아. 하지만 이미 늦었어. 사내는 네 입에서 무슨 말이 나오기도 전에 객실을 떠났지. 그곳에 남겨진 너는 제자리에 서 있는 것 말고 무엇을 해야 할지 알 수 없어. 어쩌면 정비공에게 네가 정말로 의뢰인이 아니라는 걸 인지시켜야 했던 것일 수도 있지.

의뢰인은 그녀의 죽음을 슬퍼할까. 그렇게 슬퍼할 수는 있는 사람일까. 그가 여자의 죽음을 이미 알고 있었던 것은 아닐까……. 너는 순간 네가 의뢰인에 대해 아무것도 알지 못한다는 사실을 깨달아. 너는 의뢰인의 생활 습관과 잠자리에서의 버릇마저도 꿰고 있었지만 그를 한 번도 제대로 이해한 적이 없어. 이해할 필요가 없다고 여겼거든. 너는 푸아 씨가 아니니까.

하지만 너는 그와 동시에 정말로 네가 푸아 씨가 아니라고 할 수 있는지 확신할 수 없어. 정비공의 말처럼 너도 결국 그들 중 하나니까. 거대한 연극 안에서 너는 주인공이었으니까. 네가 배우에 불과했다는 건 이제 누구에게도 위로가 되지 못해. 너는 습관적으로 왼쪽 귀를 만지지. 잘려나갔어야 할 부분이 말끔하게 채워져 있어. 이걸 채워 넣은 게 언제였을까. 그래, 회사에 복귀하기 나흘 전이었지. 너는 귀의 유실된 부분을 쥐의 피부로 만든 살덩이로 채워 넣었어. 생각보다 눈에 띄는 부분이었거든. 너는 의식하지 못한 채 그 연약하고 말랑말랑한 살덩이를 만지지. 그 연한 살결을 만질 때마다, 너는 네가 아무것도 잃지 않았다는 착각에 빠질 수 있었어. 하지만 지금 네 귀의 끝은 붉게 물들어 있어. 제 살이 아닌 피부에 대한 알레르기 반응처럼 말이야.

……그러나 아무런 양심의 가책을 느끼지 않아도 됩니다. 그것은 당신의 기억이지만 당신의 몸은 깨끗하고 손은 피로 더럽혀지지도 않습니다.

너는 머릿속으로 회사의 문구를 기억해. 너는 곧 10년 전 여름, 그 기억나지 않는 자신에 대해 떠올리기 시작했어.

●

로
드
킬

냄비에서 멸치 우리는 냄새가 풍겨왔다. 아내는 식탁에 앉아 시금치 끝부분을 다듬고 있었다. 남자는 점심을 준비하는 아내의 뒷모습을 보고, 문득 저 여자가 누구인지 생각했다. 부엌에 있는 아내가 낯설게 느껴졌다. 남자는 곧 그 낯섦이 아내가 아닌 자신에게 있음을 알아챘다. 아침을 먹고부터 지금 이 시간까지 소파에 앉아 졸고 있는 모습은 분명 제 것 같지 않았다. 그는 자신의 낯선 모습을 소화하기 위해 무릎 위에 올려놓은 신문의 사회면을 꾸역꾸역 읽어 내려갔다. 넘어가지 않는 문장들이 명치를 짓눌렀다.

겨우 한 달.

남자는 아내가 있는 부엌 쪽으로 시선을 돌렸다. 등을 지고 선 뒷모습을 훑어보다 다리 부근에서 시선이 멈췄다. 아내의 뒷모습은 회사의 어느 여직원보다도 볼품없었다. 너무 푹 익어 뭉그러진 고깃덩어리 같았다. 시선은 곧 아내의 흰 종아리에 떨어졌다. 무릎과 발목에 접힌 주름만 아니면 봐줄 만했다. 몇 년만 젊었다면 아내의 팔목을 잡아끌 의욕이 생겼을 것이다. 지금은 숟가락을 들고 밥을 먹는 일 말고는 남다른 욕구가 들지 않았다. 아내는 전부 여성 호르몬 때문이라고 했다. 결국 나이 탓이라는 얘기다. 남자는 아무리 생각해보아도 그 말이 아직 믿어지지 않았다. 무엇이든 나이를 탓할 정도로 늙어버렸다는 건 회사에서 권고사직을 통보받았을 때부터 인정하기 싫은 일이 됐다. 차라리 무능함을 탓하는 것이 좋았을 텐데, 회사는 구색 좋게 정년도 되지 않은 남자에게 나이를 핑계로 퇴직을 종용했다.

긴 시간 동안 그가 아내를 견뎌낼 수 있었던 것은, 그녀가 차려주는 식사 때문이었다. 남자는 문득 자신이 지난 몇 분간 기사의 같은 줄을 읽고 있다는 사실을 깨달았다. 신문을 덮고 아직 차려지지 않은 밥상 앞에 앉았다. 배가 고프기는커녕, 아침에 먹은 음식이 소화도 되지 않은 상태였다. 그는 마땅히 할 일이 생각나지 않았다. 젊을 때는 지금의 나이가 되면 교외로 나가 낚시를 하거나 여행을 다닐 수 있을 거라 생각했는데, 좀처럼 밖으로 나갈 의욕이 생기지 않았다. 그는 자신이 식탁에 앉아도 신경조차 쓰지 않는 아내의 뒷모습을 바라보며 감상에 젖었다. 여자와 수십 년을 같이 살았지만, 이제는 도대체 무엇에 반해 결혼했는지조차 감감했다. 나는 이 여자의 다리를 좋아했던가? 단정히 빗어 올린 머리를 좋아했을 수도 있겠지.

아내는 도덕적인 여자다.

남자의 아버지는 가정에 충실한 편이 아니었다. 가정이 붕괴될 지경까지 가지 않은 건 모두 어머니의 덕이었다. 어머니는 견디지 않아도 될 것까지 참아내는 사람이었다. 남자는 어릴 때부터 존경받는 남편이 되는 것을 꿈꾸었다. 매일 끼니를 챙겨주는 아내를 보면 어느 정도 꿈을 이룬 것도 같았다. 아내는 가정에 충실했다.

정오에 가까워지자 거실 창문 사이로 굵은 빛발이 내리쬤다. 여름의 더위는 해가 갈수록 심해졌다. 그는 겨드랑이와 무릎 사이가 땀으로 젖어가는 걸 느꼈다. 퇴직을 하고 나니 당연하다고 여겼던 것들이 그리워지기도 했다. 요새는 회사에서 근무시간 내내 틀어놓았던 에어컨 바람이 자주 생각났다. 열린 창문 틈 사이로 미지근한 바람이 불어왔다. 관자놀이로 땀방울이 맺혀 떨어졌다.

남자는 젊어서부터 유독 더위에 약했다. 땀을 자주 흘려 한여름에는 속옷까지 젖기 일쑤였다. 그는 자신의 체취를 그리 좋아하지 않았다. 대부분의 사람은 제 자신의 악취도 느낄 수 없다지만, 그는 달랐다. 몸에서 참을 수 없을 만큼 심한 냄새가 나는 것은 아니었다. 다만 더운 날씨에 땀이 나고 그 땀으로 입은 옷이 젖어갈 때마다, 갈 곳 없는 기억들이 사방에서 튀어나왔다. 남자는 목까지 타고 흘러내린 땀을 손으로 닦아냈다. 부유하는 기억들을 애써 무시했다. 그것들은 불쾌한 냄새를 풍기며 몸 이곳저곳에 달라붙었다. 어떤 부분은 아주 선명했고 또 다른 부분은 물처럼 녹아내렸다. 기억은 땀에 흥건히 젖은 반소매 와이셔츠를 입고 있는 모습에서부터, 아무도 없는 도로를 운전하고 있는 모습까지 이어졌다. 그는 살갗으로 번져오는 소름을 느꼈다. 어떤 물체가 바퀴에 휘감겨 차체가 크게 흔들릴 때까지, 괴로움은 계속됐다.

차가 밟은 것은 과속방지턱이 아니었다. 남자는 이전에도 여러 번 그 길을 지나왔다. 짧은 순간이었지만 여러 생각이 들었다. 그는 차를 세우지 않았다. 버려진 쓰레기이거나, 운이 나쁘면 주인 없이 돌아다니던 개나 고양이일 것이었다. 그는 버려진 동물들이 얼마나 위험하게 차도를 건너는지 알았다. 이미 죽은 몸뚱이가 여러 번 차에 깔려 내장과 살점까지 납작하게 짓눌린 모습을 보기도 했다. 남자는 길가에 버려지는 흔한 물체를 치었다고 해서 평생 죄책감을 가질 만한 사람이 아니었다. 그러나 기억은 생활 곳곳에 숨어들어 마치 고장 난 브레이크처럼 그의 생활을 방해했다. 짜증이 밀려왔다.

도대체 내가 왜 그런 일에 신경을 쏟아야 하지?

그는 일의 원인을 아내에게 전가했다. 머릿속에서는 공상에 가까운 생각들이 멈추지 않았다. 입 밖으로 내면 모든 것이 끝나버릴 듯한 상상이었다. 남자는 입을 닫았다. 말을 하지 않고 생각만 하다 보니 어떤 일이 원인이었는지조차 잊어버리고 말았다.

남자는 아내의 뒷모습을 좇아 시선을 옮겼다. 된장국의 간을 보고, 밥을 푸고, 마른반찬을 꺼내는 아내의 모습을 바라보았다. 수십 년간 반복되어 온 아내의 일이었다. 아내의 일은 오랫동안 바뀌지 않았다. 그녀는 오랜 시간 동안 밥을 차리고 청소를 하고 소변을 보는 일 이외에는 할 줄 아는 것이 없는 사람처럼 살았다. 그렇다면 남편이 자기를 어떻게 생각하건, 어찌 되었건 간에 이 자리를 견디는 것 말고는 도리가 없으리라. 아내의 친정 식구들은 몇 해 전에 미국으로 건너갔다. 친정어머니도 돌아가신 지 오래라 비교적 근거리에 살았을 때도 데면데면하던 사이였다. 이제 와 이혼을 하고 바다를 건너 신세 질 수는 없으리라. 남자는 속내를 감추고 히죽 웃었다. 아내가 자신의 말에 꼼짝달싹하지 못하고 모든 비난을 감내하는 장면이 눈앞에 그려졌다. 당장에라도 아내에 대한 제 생각을 폭로하고 싶어 입이 근질근질했다. 대단치 않은 상상이라 하더라도 아내는 심한 모욕감을 느낄 것이다.

"국은 얼마나 줄까요?"

아내는 식탁에 시금치나물과 겉절이를 내놓으며 남자에게 물었다. 남편의 머릿속에 뭐가 들어 있는지 아무런 의심도 하지 않는 그녀는, 나이에 비해 지나칠 정도로 순수해 보였다. 나이가 들고 순수함이 더는 장점이 되지 못하자, 그는 종종 아내가 단순히 남편에 대해 무관심한 것은 아닌지 생각했다.

몹시 더운 여름이었다. 외근을 나온 남자는 일이 끝나자마자 곧바로 집으로 출발했다. 샤워를 하고 아내와 밥을 먹으면 점심시간이 끝나기 전까지 회사에 갈 수 있을 것 같았다. 그의 머릿속에는 땀에 젖은 와이셔츠를 빨리 벗어던지고 싶은 생각뿐이었다. 아내가 왜 연락을 하고 오지 않았냐고 타박할 것이 뻔히 보였으나 미리 연락하는 일 같은 건 귀찮게 느껴졌다.

집 안은 조용했다. 남자는 아내가 장을 보러 갔으리라 여겼다. 먼저 연락하지 않은 것을 약간 후회하기도 했다. 샤워하는 사이에 아내가 돌아오리라 여겼다. 속옷과 와이셔츠를 가지러 안방으로 들어갔다. 장을 보러 갔다고 생각한 아내는 침대에서 잠을 자고 있었다. 이불도 덮지 않은 벌거벗은 상태였다. 아내의 몸은 성녀의 것처럼 빛났다. 커다란 창문으로 들어온 빛의 무리가 음부까지 훤히 비추는 것만 같았다. 남자는 순간 당황했고 어찌할 바를 몰랐다. 봐서는 안 될 장면이 눈앞에 있는 사람처럼, 무방비하게 자고 있는 아내의 몸에 시선을 둘 수 없었다. 열려 있는 창문을 닫고 커튼을 쳐야 하는 게 먼저인지, 아니면 아내를 깨우는 게 먼저인지 판단이 서지 않았다. 창문으로 시원한 바람이 불어와 남자의 팔에 맺힌 땀을 식혀주었다. 불쾌함은 가시지 않았다. 남자는 두 가지 중 어떤 것도 선택하지 않고 조용히 방 밖으로 나왔다. 거실 소파에 앉아, 아내가 어떤 사람이었는지에 대해 생각해보았다. 만약 그녀를 깨운다면 무척 창피해하거나 어쩌면 치욕스러워할 것이라는 게 결론이었다. 남자는 조용히 현관문을 닫고, 낮 동안 집에 온 적이 없는 사람처럼 행동하기로 마음먹었다. 남자는 자신의 몸에서 나는 쾌쾌한 땀 냄새를 참아내기 힘들었다.

아내는 도덕적인 사람이다.

남자는 결혼 전부터 아내를 그렇게 정의했다. 단순히 법을 잘 지킨다는 말이 아니었다. 지나친 결백성과 도덕성은 남자가 결혼을 결심하게 된 결정적 이유이기도 했다. 아내는 사회 윤리에 자신을 맞추어 살아갔다. 그는 그녀가 꽤 믿을 수 있는 사람이라 여겼고, 적어도 이 여자에게 속고 사는 일은 없을 것이라 확신했다.

남자는 도망치듯 집을 빠져나와 차에 시동을 걸고 회사로 향했다. 아내의 비밀을 엿본 기분이었다. 와이셔츠는 또다시 땀으로 젖어갔다. 그는 불쾌감에 몸을 떨었다. 샤워를 하면 기분이 조금 나아질 것 같았다. 시간을 지체하면 점심시간이 끝나기 전까지 회사로 돌아갈 수 없을 것 같았다. 그는 회사 근처에 차를 대고 근처 식당에 들어가 허겁지겁 허기를 채웠다. 밥을 넘기면서도 숨이 막힐 것 같은 체증에 몸이 떨렸다. 오후 근무 내내 속이 더부룩하던 그는 명찰에 달린 옷핀 끝부분을 불에 달구어 손을 땄다. 검게 죽은 피가 흘러나오자 그의 입에서 묵은 트림이 비어져 나왔다.

차에 올라탄 남자는 시동을 걸고도 한동안 주차장을 벗어나지 못했다. 자신은 아무런 잘못도 하지 않았는데 오히려 아내의 얼굴을 볼 자신이 없었다. 평소 퇴근 후의 자신이 어땠는지조차 기억할 수 없었다. 왜 이렇게까지 아내의 나신에 당황하는지 이해되지 않았다. 남자는 시동을 켜고 차를 출발시켰다. 도대체 아내는 한낮에 옷을 벗고 무엇을 하던 것일까.

아내는 대답 없는 남자에게 좀 더 큰 목소리로 물었다.

"국은 얼마나 줄까요?"

남자는 생각을 멈추고 아내를 바라보았다. 상처처럼 자리 잡은 목주름이 눈에 띄었다. 남자는 아내의 목에 시선을 박은 채 대답했다.

"아침이라 그런지 입맛이 없네. 그냥, 적당히 줘."

아내는 남자의 말에 가스 불을 끄고 잠시 시간이 멈춘 사람처럼 자리에 서 있었다. 지병이 있는 사람이 참아내지 못할 고통까지 견뎌내는 듯한 모습이었다. 냄비는 불이 꺼지고도 한동안 소리를 내며 끓어올랐다. 구수한 된장 냄새가 온 사방에 퍼져나갔다. 남자는 아내가 차려주는 밥상을 수십 년간 받아먹었다. 이 나이가 되도록 라면 물 하나 맞출 줄 모른다는 사실은 그의 자랑이었다. 남자는 지금의 상태에서 어느 것 하나 잃고 싶지 않았다. 그러니 앞으로의 세월도 견뎌내야 했다.

오래된 이야기였다. 남자는 더운 여름의 집 안 공기와 낮잠을 자던 아내의 얕은 숨소리를 기억하지 못했다. 그는 몇 가지 추측들에 살을 더하며 자신을 괴롭혔다. 조금 열려있던 옷장 문이라거나, 물기가 흥건한 욕실은 많은 생각을 불러일으켰다. 그러나 남자는 자신이 봤다고 생각한 자잘한 기억들에 대해 확신하지 못했다. 다만, 벌거벗은 채로 누워 있는 아내의 모습만이 점차 뚜렷해질 뿐이었다. 남자는 아내의 그런 모습을 본 적이 없었다. 오래도록 같이 산 남편에게도 보여주지 않은 부분이었다. 만약 그때 제대로 물어봤다면 상황은 많이 달라졌을 것이다. 어쩌면 더는 같이 살지 않았을지도 모른다. 남자는 불쾌함을 떨쳐낼 수 없었다. 마치 자신을 제외한 모든 사내가 아내의 벌거벗은 모습을 본 것 같은 기분이었다. 그 장면을 본 것이 오직 자신뿐인데도 그랬다. 이대로 아내가 없는 곳으로 사라져버리고도 싶었다. 그에게는 갈 곳이 없었다. 속 시원하게 싸우기라도 했다면 나을 것 같았다. 남자에겐 아내와 싸울 만한 구실도 변변히 없었다.

주차장을 나오자 이미 사방이 어두웠다. 남자는 바람을 쐬고 싶었고 시 외곽으로 차를 몰았다. 도로는 금세 한산해졌다. 그는 조금 더 속력을 높였다. 눈에 익은 곳을 달리고 있다고 느낄 뿐, 자신이 어디를 가고 있는지는 알지 못했다. 차체가 크게 위로 떠올랐다. 남자는 방금 지나간 자리를 백미러를 통해 훑었다. 도로 위에는 검은색의 무언가가 길게 누워 있었다. 아마 그랬던 것 같다. 가로등조차 없는 어두운 도로였다. 분명 무언가가 있었다. 멈춰서 확인하고 싶을 만큼의 용기는 없었다. 심장이 세차게 뛰었다. 통제할 수 없는 어떤 것들이 무더기로 자신을 향해 달려오고 있는 것 같았다.

이게 다 그년 때문이야.

남자는 발작적으로 소리를 질렀다. 악을 쓰며 아내를 저
주했다. 집으로 돌아온 남자는 조용한 집 안 내부를 보고
두려움을 느꼈다. 자신을 잡으러 온 경찰들이 어두운 방
안 곳곳에 숨어들어 있는 것 같았다. 어둠 속에는 아무도
없었다. 자신을 기다리다 잠이 든 것 같은 아내가 소파에
앉아 졸고 있을 뿐이었다. 식탁에는 식은 찌개와 밑반찬들
이 평소처럼 차려져 있었다. 만약 낮에 자신이 집에 들어
오지 않았다면, 그는 오늘도 제시간에 들어와 아내와 함께
밥을 먹었을 것이다. 남자는 그날 처음으로 자신이 원망스
러웠다. 차려놓은 밥을 보니 금세 식욕이 돌았다. 그는 딱
딱하게 굳어버린 밥을 전부 먹어치웠다. 오후에 손을 땄던
부위가 빨갛게 부어올랐다. 제대로 소독을 하지 않은 탓에
세균에 감염된 것이 분명했다. 하지만 작은 상처 때문에
손을 잘라내는 일은 없을 것이다.

그날을 참아냈기 때문에 나는 아직도 이렇게 밥을 먹고
살 수 있었다.

남자는 그렇게 생각했다. 아내의 치부까지 감싸주는 자
비로운 남편이 된 것 같았다. 수십 년이 지난 오늘도 식탁
에는 따뜻한 밥과 국이 제 앞으로 놓였다. 가정을 지켜낸
것이다. 뿌듯한 기분에 없던 식욕까지 끌어올려 밥 한 공

기를 전부 비워냈다. 그는 과식으로 솟아오른 자신의 배를 두드리며 자리에서 일어났다.

"꼭 그래야겠어요?"

남자는 순간 귀를 의심했다.

꼭 그래야 했느냐고?

먹지도 않은 생선 가시가 목에 걸린 듯 숨이 막혔다. 아내의 목소리는 화난 사람의 것처럼 뾰족하게 솟아 있었다.

"무슨 말이야?"

그녀는 제 앞에 놓인 밥을 수저로 짓이기며 말했다.

"평생을 그렇게 기다려주는 법이 없지."

남자는 아내의 말투 속에 드러나는 깊은 불만에 당황했다. 그녀는 평생토록 남자에게 말을 높였다. 나이 차 때문이라 생각했고, 결혼이 결정되기 전까지는 그 또한 종종 높임말을 썼다. 남자는 지금의 아내가 낯설었다. 이 나이가 되도록 같이 살았으면서, 이제 와 느껴지는 거리감은 무어난 말인가.

아내는 붉게 달아오른 얼굴로 남자를 쏘아보았다.

"매번 그렇게 무시하더니!"

아내는 두 무릎을 세워 고개를 파묻고 흐느끼기 시작했다. 남자는 커지는 아내의 곡소리에 분통이 터졌다. 고마운 줄도 모르는 뻔뻔한 여자라고 생각했다. 자신의 마음고생이 모두 헛수고가 된 기분이었다.

도대체 내가 뭘 잘못했다고 이러는 것일까.

남자는 울고 있는 여자의 얼굴을 짓이기고 싶은 충동이 들었다. 피가 터지고 살점이 떨어져 나갈 때까지 두들겨 패서, 제 잘못을 실토하게 만드는 것이다. 적어도 미안하다는 말 한마디는 나오리라. 여자는 자신보다 참은 것이 없었다. 그는 그릇 하나 던져보지 못하고 방으로 들어갔다. 분한 마음에 손까지 떨려왔다.

거기서 뭐든 던졌어야 했는데.

방문을 닫자마자 뒤늦게 후회가 밀려왔다. 왜 그렇게까지 소리 한번 못 지르고, 눈 한번 마주치지 못한 채 방 안으로 들어왔는지 저도 이해되지 않았다. 밖에서는 아직도 곡소리가 들려왔다. 그 울음소리가 듣기 싫어 손에 잡히는 것이면 무엇이든 던져 박살을 내고 싶었다. 하지만 그런 짓을 할 수는 없었다. 그래 봤자 속이 시원해지지 않는다는 걸 남자는 어쩐지 알고 있었다. 갑작스럽게 치미는 지나친 폭력성이 오히려 낯설었다. 남자는 여자에게 손을 댄 적이 없었다. 남자는 언제나 아버지와 자신을 분리한 채 살아왔다. 가슴이 답답했다. 아내의 푸닥거리에 속이 얹힌 것이 분명했다. 그는 자신이 무언가를 놓치고 있다고 생각했다. 아내에게 물어볼 수도 있었다. 다만 그녀의 입에서 흘러나올 말들이 진실이 아닐 수도 있다고 생각했다. 아내는 남자에게 거짓을 말하지 않을 이유가 없었다. 남자는 침대에 걸터앉아 아내의 곡소리를 들었다. 그것 말고는 별 도리가 없다고 자조적으로 중얼거렸다. 아내는 마치 제 남편이 죽어 나가기라도 한 듯이 울었다. 남자는 아내의 상황이 이해되지 않았다.

그렇지만 아내는 도적적인 여자다.

남자는 자신의 아이가 잠을 자고 밥을 먹고 공부를 하는 모습을 상상하며 집을 샀다. 조용한 동네였고 무엇보다 아내는 처음 보았을 때부터 그 집을 좋아했다. 방마다 커다란 창문이 있어 채광이 잘된다는 이유에서였다. 사건이 있은 후, 얼마 안 가 이사를 갔다. 억지로 되도 않는 말을 꾸미며 겨우 지방으로 발령받고 헐값에 집을 넘겼다. 남자는 이사를 한 이후에도, 때때로 집 앞 골목에서 자신을 따라오는 누군가의 발소리를 들었다. 그들은 자주 이사했다. 더는 집을 고를 때 자신의 아이가 자라는 모습을 상상하지 않았다. 마지막이라는 심정으로 지금의 집에 들어오고 문득 정신을 차렸을 땐, 우습게도 이전에 살던 집과 아주 비슷한 곳에서 살고 있다는 걸 깨달았다. 또다시 집에서 달아나지 않은 건 집을 옮겨야 했던 이유가 더는 기억나지 않았기 때문이다.

집에 들어온 남자는 아내에게 자신의 귀가를 알렸다. 돌아오는 대답이 없자, 그는 욕실에 들어가 간단히 찬물로 샤워했다. 수건으로 몸의 물기를 닦고 안방으로 들어갔다. 아내는 벌거벗은 채로 그에게 등을 보인 채 낮잠을 자고 있었다. 생각지도 못한 모습에 조금 당황스러웠지만, 웃음이 났다.

더우면 옷을 벗는 잠버릇이라도 있었나.

정오의 햇빛이 여과 없이 아내의 몸으로 들어왔다. 아내의 가슴은 조금씩 처지고 있었다. 그런 건 아무런 문제도 되지 않았다. 남자는 한동안 그녀의 하얀 발목을 바라보다, 침대 위로 올라가 아내를 껴안았다. 손이 닿자마자 아내의 몸이 움츠러드는 걸 느꼈다. 열어놓은 창으로 시원한 바람이 불어왔다. 아내는 땀에 젖어 있었다.

"이 시간에 무슨 일이에요?"

깨어난 아내는 두 손으로 제 가슴을 가리며 몸을 일으켰다. 나체로 자고 있던 사람답지 않게 수치스러워하는 얼굴이었다. 남편의 벗은 몸을 의식적으로 보지 않으려 하는 것도 같았다. 남자는 일어나 창문을 닫고 커튼을 쳤다. 여자는 다급한 목소리로 남편의 이름을 불렀다. 그는 서랍에서 속옷을 꺼내 입고 옷장과 침대 밑을 살폈다.

"당신, 왜 그래요?"

여자가 남자의 팔을 잡아당겼다. 그는 순간 아내의 손을 뿌리쳤다.

"너무 덥잖아."

변명 같은 말을 던지자, 아내는 오히려 남편의 시선을 피했다. 그는 한층 누그러진 목소리로 말했다.

"와이셔츠 좀 꺼내줄래?"

무척 더운 날이었다. 아내의 배웅을 받으며 집을 나오자마자, 등이 땀으로 젖어가는 것이 느껴졌다. 남자는 회사 근처에서 간단히 밥을 먹고 오후에는 조금 졸았다. 동료들도 더운 날씨에 정신이 없어 보였다. 아무도 그가 졸았던 것을 눈치채지 못했다. 오후가 되자 속이 더부룩하고 트림이 나왔다. 옆자리에 있는 직원이 손을 따는 법을 알려주었다. 남자는 명찰 뒷부분에 달린 옷핀 끝을 불에 달구어 직접 손을 땄다. 옆에서 지켜보고 있던 동료는 그를 보고 독하다며 고개를 내저었다. 검은 피가 올라오자, 속에 있던 답답함이 조금 풀리는 것 같았다.

퇴근 시간이 지나 회사를 나온 남자는 차에 시동을 걸고도 주차장을 빠져나오지 못했다. 숨 막히는 더위에 쉴 새 없이 땀이 나도 에어컨을 켜거나 창문을 열 생각조차 하지 못했다. 그는 뒷주머니에 넣어두었던 제 것이 아닌 지갑을 한동안 바라보았다. 지갑은 안방 침대 밑에서 발견됐다. 그는 오후 근무 내내 지갑을 제 엉덩이에 깔고 앉아있었다. 어떻게 그러고도 졸 수 있었는지 신기할 따름이었다. 다만 둔부 밑으로 느껴지는 두툼한 지갑의 감촉 때문에 때때로 어딘가에 전화를 걸고 싶은 충동이 들기도 했다. 그는 다시 마음을 다잡고 지갑을 열었다. 어떤 남자의 것이건 아내에게는 자신이 알고 있다는 사실을 알리지 않을 생각이었다. 실적 때문에 접대를 하다 보면 종종 여자가 권해지는 일이 있었다. 아내가 사실을 알고 있다고 생각한 적은 없었다. 만약 알게 된다면 상처 입을 것이 분명했다.

남자는 지갑을 발견한 순간에도 자신이 느끼는 불쾌하고 괴로운 마음을 확실히 정의하지 못했다. 자존심 때문이기도 했고, 아내가 도덕적인 여자라는 믿음 때문이기도 했다. 믿어왔던 아내의 모습이라는 것도 자신의 머릿속에만 존재했을지 모른다는 의심을 시작하고 싶지 않았다.

아내는 도덕적인 여자다.

남자는 그 말을 다짐처럼 중얼거리며 지갑을 열고 신분증을 꺼내 들었다. 사진 속의 사람은 그보다 세 살이 어렸다. 인상도 좋아 보였다. 도저히 유부녀와 잠을 자고 다닐 사람으로는 보이지 않았다. 남자는 신분증의 이름과 일치하는 명함을 찾았다. 지갑의 주인은 그가 자동차를 구매했던 영업점의 김이었다. 차는 1년 전에 바꾼 것이었다. 주차장을 빠져나온 남자는 시내로 나갔다. 공용 주차장에 차를 세우고 건널목 옆에 있는 공중전화 부스로 갔다. 명함에 있는 사무실 번호로 전화해보니 김은 아직 퇴근 전이었다.

"며칠 전에 차를 산 사람입니다. 차가 좀 이상하네요."

"성함이 어떻게 되시죠?"

"근처인데 일단 좀 보고 얘기하시죠? 얼굴 보면 아실 겁니다."

상대방은 탐탁지 않은 목소리로 전화를 끊었다. 귀찮아하는 목소리이긴 했지만 수상하게 여기지는 않는 것 같았다. 남자는 영업점 부근에 위치한 약속 장소로 차를 몰았다. 잠시 자신이 지금 무엇을 하고 있는지 생각해보았다. 주변은 조용했다. 며칠 전까지 낙석 위험으로 폐쇄됐던 도로가 근처에 있어 차가 오가는 일이 드물었다.

김은 약속 시간에서 10분 정도 지난 후에 도착했다. 넥타이는 느슨해져 있었고 셔츠 소매는 양쪽 모두 걷어져 있었다. 그곳까지 걸어온 것으로 보였다. 이렇게까지 쉽게 불러낼 수 있으리라고는 생각하지 못했다. 남자는 김의 얼굴을 보고 사진 속의 얼굴을 떠올렸다. 신분증을 보고도 김을 떠올리지 못한 것이 당연했다. 그는 사진과는 완전히 다른 얼굴을 하고 있었다. 유부녀를 만나면서도 상대방 남편의 얼굴을 모른 채 돌아다닐 만큼 비열하고 어리석은 인상의 사내였다. 남자는 김에게서 풍겨 오는 시큼한 땀 냄새에 숨을 쉴 수 없었다. 그는 숨을 멈추고 김에게 자신을 기억하느냐고 물었다. 김은 본 기억은 있는데, 며칠 전에 본 것 같지는 않다고 대답했다. 김은 차 쪽으로 시선을 던졌다.

"정말 며칠 전에 산 거 맞아요?"

남자는 김의 질문에 조금 짜증을 내며, 잘 보이도록 등을 켜줄 테니 앞에서 한번 보라고 했다. 김이 차 앞으로 서자, 남자는 차의 시동을 걸고 전조등을 켰다. 갑작스러운 빛에 김의 인상이 구겨졌다. 남자는 오른발로 힘껏 액셀러레이터를 밟았다. 남자는 그제야 아내에 관한 생각을 멈출 수 있었다.

남자는 인적 없는 도로에 멈춰 섰다. 피곤함이 몰려왔다. 차가운 밤바람이 그의 땀을 식혀주었다. 남자는 집으로 가는 길에 휴게소에 들려 김의 지갑에 있는 현금으로 핫도그와 커피를 사 먹었다. 지갑은 화장실 뒤편 소각장에 버렸다.

그 뒤로, 남자는 아내가 종종 딴생각에 잠긴 모습을 보았다. 점차 말을 잃었고, 밥을 먹으라는 말이나 국을 좀 더 먹겠느냐는 말만 반복했다. 한밤중에 등 뒤로 아내의 흐느낌이 들릴 때도 있었다. 그는 모른 척했다. 아무리 미쳤더라도, 내연남의 직장까지 전화를 걸지는 않았을 것이었다. 일방적으로 연락이 끊겼다는 것만으로도 저렇게까지 구는 것을 아는 척하고 싶지는 않았다.

"당신 도대체 지금이 몇 신 줄이나 알아요? 지금이 아침이라고요?"

아내는 울음 섞인 목소리로 소리를 질렀다. 남자는 두 손으로 귀를 막았다. 아내의 말을 알아들을 수 없었다. 울음을 그칠 생각이 없는 것 같았다. 곡소리는 점점 커졌다. 남자는 당장에라도 방문을 열고 나가, 제발 그만 좀 울라고 소리치고 싶었다. 도대체 자신이 뭘 그렇게 잘못했다고 저렇게 대성통곡을 하는지 도무지 이해되지 않았다. 아내는 수십 년간 잘 해왔다. 그러니 이제 와 모든 세월을 무시하고 제멋대로 행동하는 것은 염치없는 일이다. 평생을 운운하며 저를 등한시했다고 하는 것은 지나친 생각이었다. 배가 고팠다. 그는 희미하게 풍겨오는 밥 냄새를 맡았다. 종일 밥 한 숟갈도 얻어먹지 못한 것이 분했다. 울음을 그치지 않는 아내 때문에 냉장고 문을 열 수조차 없는 상황을 납득할 수 없었다.

김의 실종 이후로 정신이 나간 듯 보였던 아내는 시간이 흐르자 조금씩 평상시의 모습을 되찾았다. 하루에 아내를 제대로 쳐다보는 시간이 얼마 되지 않았기 때문에 그가 보는 모습은 사실이 아닐 수도 있었다. 그러나 남자는 더 이상 알고 싶지 않았다. 애초에 알 필요가 없는 일이었다. 평생 자신을 속였다 하더라도 알아채지 못했다면 지금보다는 나았을 것이었다. 그는 자신이 눈치채지 못했던 1년간의 아내를 생각하며 괴로워했다. 가끔 김이 아내를 어떻게 생각했을지 궁금했다. 자신과 바람 피우는 사람이 도덕적인 여자라고 생각했을까?

부부가 같이 있을 때는 밥을 먹거나 잠을 잘 때뿐이었지만, 남자는 때때로 아내에게 뜨거운 국을 부어버리거나 목을 조르고 싶은 충동을 누르기 어려웠다. 자동차 전조등에 비친 김의 얼굴도 떠올랐다. 남자는 자신이 아무런 연락도 없이 집에 들어간 그날을 후회했다. 시간이 지나자 그는 혹시 자신이 오해한 것은 아니었을까, 하는 생각에 사로잡혀 힘들어하기도 했다. 자기반성의 시간은 쉽게 지나갔다. 그는 견디기 힘든 아내에 대한 살의로 점점 지쳐갔다.

어느 순간부터 일어나지 않은 일들이 그의 기억 속을 파고들었다. 처음앤,ㄴ 아주 작은 것에서부터 출발했다. 이상했던 집 안의 공기나 당황하던 아내의 말투 같은 것들이 제일 먼저 흐릿해졌다. 모든 상황은 그저 자신이 이해하지 못한, 하지만 그렇게 비난받을 만한 일은 아닌 한 가지에 집중되었다.

그녀는 이해하지 못할 차림으로 침대에 누워 있었다. 커다란 창문으로 바람이 불어왔다. 남자의 몸에 붙은 땀들이 차갑게 식어갔다. 그는 곧 감각을 잃었다. 아내에게 다가갔다. 남자는 자신이 바로 방 밖으로 나왔는지, 아니면 조금이라도 그녀의 곁에 머물렀는지 확신할 수 없었다. 다만, 아내가 도덕적인 여자였다는 것만 겨우 기억해낼 수 있었다. 그러자 자신이 아는 척을 한다면 아내가 무척 민망해하고 수치스러워할 것 같다는 생각이 들었다. 바람 피운 장면을 목격한 것 같은 기분에 사로잡히기도 했으나, 그럴 리가 없었다. 아내는 언제나 모든 일을 상식적인 선에서 해결했다. 다른 사람에게 욕을 먹거나 꼬투리가 잡힐 일은 하지 않았다. 해가 바뀔수록 아내는 게을러지기보다 더욱 몸가짐을 조심히 했고 집안일을 철저히 해냈다. 집안일이 아닌 다른 일을 하는 아내의 모습을 그리는 게 생소하게 느껴질 정도였다. 화장실의 물기가 말라갔고 침대 밑에 떨어져 있던 지갑이 사라졌다. 그는 방문을 닫고 집 밖으로 나왔다.

재수 없는 일을 당했다. 한 마리의 짐승을 치었다. 죽은 짐승이 남자가 다니던 길에 엎어져 있었다. 이미 누군가의 차에 치어 숨이 끊어졌거나, 죽은 채로 길가에 버려진 사체에 불과했다. 그는 자신이 밟고 지나간 짐승이 정확히 무엇인지 몰랐다. 분명한 사실은 그로 인해 남자가 죄책감을 느낄 일은 없으리란 것이었다. 굳어져 가는 짐승의 몸이 남자의 차바퀴에 휘감겼다. 차체가 흔들렸고 남자는 순간 중심을 잃었다. 살점이 떨어져 나가고 피가 튀었다. 시체에서 나온 피가 바퀴 자국을 내며 남자의 차에서 사라졌다. 그는 돌연 식욕을 느꼈다. 집에 도착했을 때 아내는 거실 소파에서 졸고 있었다. 식탁에는 주인 없는 음식이 차려져 있었다. 남자는 안심했다.

때때로 원인을 잃어버린 증오와 공포심이 해결되지 못한 채 남자를 괴롭혔다. 그는 하루에도 몇 번씩 제 기억 속에 남아 있는 과거의 불행한 기억들을 떠올리며 감정의 원인을 짐작했다. 그런 것들은 조금씩 아귀가 맞지 않았고 그는 오히려 자신의 기억을 의심했다. 기억은 조금씩 몸을 낮춰 움직였다. 저들에게 머리가 있는 듯 스스로 사고했다. 남자가 눈치채지 못할 정도로 아주 사소해 보이는 기억의 일부를 바꿨고 교묘히 행동했다.

아내는 도덕적인 여자다.

기억력이 조금씩 감퇴했다. 머릿속에 박혀 있던 가장 선명한 기억 대부분이 거짓으로 바뀌자, 모든 것들이 불확실한 시간과 엉키기 시작했다. 그는 지나간 일의 순서를 헷갈려 했고 종종 사람의 이름을 기억해내지 못했다. 시간이 흘러 남자가 많은 일을 다른 형태로 기억하고 있을 때쯤에는, 일상적 기억력에까지 문제가 생겼다. 회사 생활에도 지장이 생겼다. 결국 그의 친한 후배가 동원되었다. 후배는 상사의 언질로 회사 근처에서 아내를 만났다.

"병원에서 한번 검사를 받아보는 건 어때요?"

외근을 갔다 오던 남자는 후배와 아내가 오붓이 카페에 앉아 있는 모습을 보았다. 그는 무작정 후배에게 달려들었다. 이미 이성을 잃어 주변에서 무슨 말을 하는지도 알아들을 수 없는 상태였다. 남자는 자신을 잡아끄는 아내와 주위 사람들을 뿌리치고 후배의 등에 매달려 귀를 물어뜯었다. 후배는 곧바로 병원에 후송되었다. 귓바퀴의 살점이 조금 떨어져 나간 것 빼고는 이상이 없었다. 후배는 약간의 보상금으로 남자를 용서했지만, 회사는 그러지 못했다. 그전까지만 해도 모두 남자가 도덕적이고 상식적인 사람이라고 생각했기 때문이다. 그들은 심한 배신감과 함께 두려움을 느꼈다. 얼마 안 가 회사는 남자에게 사직을 권고했다. 그러자 남자는 어떻게든 자신의 결백을 입증하기 위해 노력했다. 그는 자신이 태어나 한 번도 폭력적인 일에 연루된 적이 없으며, 이번 일이 만약 실제로 일어났다 하더라도 자신의 의지가 아니었다고 말했다. 그는 자신의 말을 입증하기 위해 평생을 함께해온 아내를 걸었다. 자리에 있던 또 다른 증인들은 제정신이라고 볼 수 없었던 남자의 행동을 묘사했다. 졸지에 변을 당한 남자는 억울하고 기가 막혔다.

늙은 아내는 울음을 그치지 않았다. 남자는 바로 옆에서 들려오는 것같이 커다란 울음소리에 정신을 차릴 수 없었다. 머리가 아팠다. 원인을 알 수 없는 불안하고 두려운 감정들이 남자의 기억을 헤집었다. 그러나 기억들은 이미 오래전에 남자에게서 벗어나, 고작 저들과 비슷한 종류의 감정만을 불러일으켰다. 그는 깊은 슬픔에 빠져 두 귀를 막았다. 습관처럼 기억이 움직이기 시작했다. 남자는 곧 아무것도 기억할 수 없었다.

•

목요일 사교클럽

목요일 사교클럽
『시와 산문』 2016년 봄호

여자는 아침에 일어나자마자 몸무게를 쟀다. 그 오랜 습관은 쉰을 바라보는 그녀가 젊을 때와 같은 체중을 유지할 수 있는 비법이기도 했다. 전날보다 무게가 많이 나간 날에는 출근 전 가볍게 헬스클럽에 들렀고, 그날 저녁은 평소보다 적게 먹었다. 여자는 절제와 규칙적인 습관만이 자신을 병들거나 추하게 하지 않는다고 믿었다. 실제로 여자는 그 나이 또래의 친구들보다 젊어 보였고 큰 병으로 고생을 한 경험도 없었다.

여자는 한 번의 이혼 경력이 있었는데 그때의 상황을 떠올리면 오랜 세월이 지난 지금도 먹먹한 기분이 들었다. 그러나 어쩔 수 없는 일이었다고 여겼으므로 그 일이 자신에게 흠이 된다는 생각을 의식적으로 하지 않았다. 종종 그녀의 삶에 등장하는 무례한 사람들이 이혼 사유를 물었을 때도, 여자는 그 일로 큰 상처를 받았기 때문에 아무에게도 이유를 말하지 않는다고 했다. 반면 그녀의 어머니는 딸의 이혼 소식을 듣고, 아이를 낳지 않아 그렇게 된 것이라 여겼다.

독신이 된 여자는 이후로 여러 남자들을 만나 데이트를 즐겼다. 몇 번은 진지한 관계로 발전하기도 했지만 재혼으로 이어지지는 않았고, 중년이 되고 나니 그런 일도 차츰 줄어들었다. 그럴수록 여자는 스스로의 가치를 높이는 일에 좀 더 많은 시간을 투자했다. 역사나 그림에 대해 공부하기도 했고 조금 지나치다시피 흥미가 없던 사회 문제에도 관심을 보였다. 몇 년 전부터는 국제적인 규모의 민간 구호기구 두 곳에 후원을 시작했다. 여자는 외모에 신경을 쓰는 편이어서 2주에 한 번씩은 살롱에서 두피 관리를 받아 힘없이 처진 모근에 힘을 주고 정기적으로 피부 관리실에도 드나들었다. 그럼에도 자칫 외모에만 신경 쓰는 사람처럼 보이지 않기 위해 많은 것들을 자제하는 편이었다. 여자는 그 나이 친구들이 흔히 저지르는 실수인 요란한 화장이나 과한 치장에 대해 좋지 않게 생각했다. 그런 식의 만들어진 화려함이 원래의 나이보다 더 들어 보이게 하며, 보는 이로 하여금 안쓰러움을 느끼게 한다고 믿었기 때문이다.

그녀는 몇 년 전부터 매주 목요일마다 열리는 지역 사교 클럽에 가기를 즐겼다. 그 목요일의 사교클럽은 다양한 직업군을 가진 중년들의 모임으로 여성회원의 비율이 압도적으로 높았다. 그들은 회사나 집안에서 멈춘 인간관계를 좀 더 다양하게 확장하고 싶어 했고 어떤 일에 대해서건 배우고 싶은 열의가 대단했다. 지난 3개월은 지역 문인에게 시 창작 수업을 받았으며, 이번 주부터는 와인 클래스를 열기로 했다.

사교클럽에는 그녀와 친하게 지내는 두 명의 여자가 있었다. 한 명은 40대 중반의 오였고 나머지 한 명은 같은 또래의 교였다. 모임 주최자의 지인으로 알려진 오는 약간의 알코올 중독 증세가 있었고 항상 모임이 파할 때까지 자리를 지키곤 했다. 여자는 처음 오를 봤을 때만 해도 오가 조용한 사람이라고 느꼈다. 그로부터 얼마 지나지 않아, 오가 남편과 사이가 좋지 않다는 식의 말을 흘리며 주목을 받으려 한다는 것을 알고부터는 생각을 달리했다. 오의 남편은 1년 전, 야간 다이빙을 하러 갔다가 시신으로 발견됐는데 그녀 앞으로 어마어마한 보상금을 남겼다는 소문이 돌았다. 오는 이후로 성격이 조금 변해, 종종 자신보다 젊은 사람들에게 유명 클럽의 골프 회원권을 끊어줄 테니 같이 운동을 다니자고 했다.

교는 비교적 최근에 가입한 회원으로 풍만한 몸을 이리 저리 흔들며 여러 대화에 참견하길 좋아하는 사람이었다. 여자는 처음 교를 봤을 때부터 그녀를 거북해했다. 그러다 또래라는 게 밝혀지자 교 쪽에서 먼저 여자에게 안부를 묻기 시작했고 얼마 안 가 서로 자리를 맡아주는 사이가 되었다. 교는 두 번의 이혼 경력이 있었고 그런 사실이 자신을 매력적으로 만든다고 생각했는지 자신은 세 번째 결혼도 가능하다고 말하고 다녔다. 사실 교의 외모로 봐서는 한 번도 어려워 보인다는 게 여자의 생각이었다. 셋은 모임 밖에서는 만난 적이 없었지만 모임 안에서만큼은 서로의 안부를 다정하게 물으며 이런저런 개인사를 나누었다.

장을 소개해준 것은 오의 지인인 모임 주최자였다. 그녀는 장이 자신의 외삼촌이라고 했다.

"아주 매너 있는 어른이세요. 선생님과 잘 어울리실 것 같아서요."

여자는 몇 번이나 거절의 말을 하다가 결국에는 못 이기는 척 주최자의 호의를 받아들였다. 그녀는 속으로 다른 사람이 아닌 자신이 장을 소개받을 수 있었던 것이 그 나이 또래의 사람들이 가지고 있는 편견이나 고정관념이 없기 때문이라고 여겼다. 누군가의 소개로 남자를 만나는 것은 오랜만이었다. 여자는 장에 관한 이야기를 듣는 순간부

202

터 자신의 마음이 조금씩 주책없이 흔들리는 것을 느꼈다. 며칠 뒤, 장 쪽에서 그녀에게 연락을 해왔다.

장은 그녀와 처음 만났을 때, 자신이 오랫동안 미국에서 생활한 탓에 한국말이 잘못 나오는 경우가 있다고 했다. 여자는 그것을 농담이라고 생각하며 작게 웃었다. 장은 퇴직과 함께 한국에서 임원 자리를 제의받아 귀국하게 됐다고 했다. 그의 말에는 자랑하는 낌새가 조금도 섞여 있지 않았다. 그녀는 그것이 마음에 들었다. 장은 한국에 들어온 지 얼마 되지 않아 아직 집을 보러 다니는 중이라고 했다.

"그러다 당신을 만났네요."

그녀는 장의 말이 조금 이상하다고 여겼다. 그의 말은 여자와 집이 같은 선상에 놓인 것처럼 느끼게 했다. 하지만 여자는 그러한 실수가 남자가 앞서 말했던 오랜 외국 생활에서 비롯됐으리라 추측하며 자신의 과민함을 자책했고, 곧 그의 말을 잊었다. 남자는 모임 주최자의 말처럼 예의 있고 다정했으며 호감을 주는 미소를 지을 줄 아는 사람이었다. 그날 장은 저녁 식사 이후 따로 일이 있다는 그녀의 말을 기억해두었다가 늦지 않게 바래다주었다. 그녀는 그것이 자신이 만났던 다른 남자들과 장의 다른 점이라고 생각했고 그를 다시 만나고 싶었다. 그녀의 바람대로 장이 며칠 후 함께 집을 보러 가자고 하면서 그들의 데이트는 자연스럽게 진전됐다.

*

사고클럽에서 장의 존재가 드러난 건 오의 입을 통해서
였다. 그날 오는 종일 무언가에 불만이 있는 사람처럼 굴
었다. 여자는 그런 오의 상태를 눈치채고 일부러 거리를
두었다. 그런데도 가끔 오와 눈이 마주쳤는데, 오는 그때마
다 여자를 기묘한 눈으로 쳐다보았다. 여자는 더욱 불편해
져 교가 늘어놓는 가십거리에 무척 관심이 있는 것처럼 굴
었다. 그러자 오 쪽에서 그녀와 교 사이로 성큼성큼 다가
와 불쑥 말을 꺼내는 것이었다.

"제 친구 외숙모가 되실지도 모른다면서요?"

오의 말에 교는 하던 얘기도 잊고 눈을 빛내며 여자를 쳐
다봤다. 오가 손에 들린 와인을 단숨에 비웠다. 오는 강사가
시음용으로 마련해 온 와인을 벌써 몇 잔째 마시고 있었다.

"자기 누구 만나는 거야?"

여자는 순간 오를 쏘아보았지만 금세 시선을 거둔 채 미
소를 지었다.

"그냥 만나는 정도야."

"언니 나이에 그냥 어떻게 만나요."

"그래, 우리 나이에 어떻게 그냥 만나."

여자는 그렇지 않다고 말하고 싶었다. 젊지 않기 때문에 더 자유로워질 수 있는 게 있다고. 하지만 주최자의 친구인 오에게는 그런 가벼워 보일 수 있는 말을 해선 안 됐다. 여자는 그런 말들이 오와 교의 입을 타면 어떤 식으로 변질되는지, 여러 경우를 통해 간접적으로 체험한 바가 있었다. 그랬다간 사람들이 자신을 교와 같은 급으로 볼 수도 있으리라.

사회적 지위가 있는 다양한 계층들의 모임. 주최자는 그런 타이틀을 갖고 싶은 게 분명했다. 오의 죽은 남편만 하더라도 유명 대학의 교수였고 교는 믿을 수 없지만 한때 해외까지 진출할 뻔했던 오페라 소프라노였다. 여자 자신도 남동생이 아버지로부터 물려받은 무역회사에서 이사 직함을 가지고 있었다.

오와 교가 여자의 대답을 기다렸다. 여자는 자신이 알고 있는 장에 대해 조곤조곤 말했다. 건물 안에 들어갈 때마다 문을 잡아주고 그녀의 의견에 귀를 기울이며 사소한 것에서도 칭찬을 아끼지 않는 남자라고, 최근에 그가 매입한 양평의 전원주택도 여자의 의견을 적극 반영한 것이라고 했다.

교는 마치 장을 알기라도 하는 사람처럼 여자에게 조언

했다. 그럴수록 방심하면 안 된다고, 한국 남자들은 결혼 전까지는 얼마든지 착하게 굴 수 있는 인종이라는 것이다. 그러자 그녀는 장이 외국에서 아주 오랫동안 살다 온 남자라 거의 외국인과 다를 바가 없다고 했다. 여태 침묵을 지키고 있던 오가 진지한 태도로 말했다.

"근데, 그런 남자라면 좀 더 젊은 여자를 만나지 않나요?"

순간 여자는 할 말을 잃은 채 입을 다물었다. 웃음을 터트린 건 교 쪽이었다.

"자기도 참, 말이 너무 심하네!"

여자는 교의 눈빛을 통해 자신들을 주목하고 있는 주변의 시선을 느꼈다. 마지못해 따라 웃으면서도, 여자는 마음을 다스리기 위해 안간힘을 써야 했다. 힐끔거리며 여자의 반응을 보던 교는 오가 또 다른 와인을 가지러 간 사이에 여자의 귀에 대고 말했다.

"신경 쓰지 마, 주최자가 자기가 아니라 당신을 소개해 줘서 골내는 거야. 그것보다 장이라는 남자나 잘 잡아. 젊은 여자한테 뺏기기 전에."

교는 말끝에 높은 소리로 웃어댔다. 농담으로 한 이야기라기보다 진심이 담긴 말 같았다. 그 말을 듣고 보니 여자는 장이 생각했던 것보다도 더 괜찮은 사람처럼 느껴졌다.

교는 거기서 멈추지 않고 아무도 물어본 적 없는 자신의 과거 이력에 관해 얘기하기 시작했다.

"나도 외국인을 만난 적이 있어. 이태리로 유학을 갔을 때 만난 아주 멋진 남자였지. 나보다 열 살이 많은 대학 조교수였는데 한참 중요한 시기에 날 쫓아다니느라 연구를 뒷전으로 하더니 결국 학교에서도 쫓겨나고 말았어. 한 남자의 인생이 망가진 거지. 전적으로 내 탓이라고 생각한 적은 한 번도 없었지만."

교는 제 이야기에 완전히 빠져 있었다. 교 같은 여자가 한 사람의 인생을 망칠 정도로 치명적인 여자였다는 건 동의하기 어려웠다. 여자는 연약하게 생긴 대학 조교수를 쫓아다니는, 지금과 그다지 다를 바 없을 젊은 교의 모습을 상상하다 웃어버렸다.

여자는 계속되는 교의 얘기를 흘려들으며 장에 대해 생각했다. 그의 집은 현재도 여자의 조언 아래 이런저런 작은 공사가 진행되고 있었다. 그녀는 장의 다갈색 눈동자를 떠올리며 어쩌면 그의 한쪽 부모가 외국인일지도 모른다고 생각했다. 그가 정식으로 여자를 초대한 날은 다음 주 금요일이었다. 그녀는 벌써부터 그의 새집에 어떤 선물이 어울릴지 궁리하기 시작했고 금세 즐거운 기분이 들었다.

여자는 일주일의 시간 동안 군데군데 새치가 올라온 머리를 염색했고 복부 중심의 마사지를 받았다. 백화점에서 보정 효과가 있다고 알려진 속옷을 사기도 했다. 그녀는 그날 입고 나갈 외투에 대해서 특히 오랫동안 고민했다. 초대를 위해 마련한 것 같은 느낌을 주지 않기 위해 최근까지 즐겨 입던 가을 코트 중 하나를 고르려 했는데, 그 사이에 날이 무척 추워져 새로 꺼낸 겨울옷을 입을 수밖에 없었다.

그녀는 옷장 안을 살펴보다 작년만 해도 자주 입고 나가던 모피코트를 발견했다. 재작년 겨울 휴가 때 시애틀에 있는 대형 쇼핑몰에서 산 95퍼센트 밍크였다. 그녀는 코트를 결이 난 방향으로 쓸며 그 부드러운 감촉을 느꼈다. 정말이지 눈이 부실 정도로 흰 코트였다. 여자는 작년 겨울, 그것을 입고 사교 모임에 나간 때를 떠올렸다. 서울 시내에 있는 호텔 라운지에서 열린 그날의 모임은 새해를 앞두고 유독 많은 이들이 참석했다. 그때 많은 이들이 그녀의 밍크코트를 칭찬했다. 그렇게 결이 곱고 고급스러운 모피는 본 적이 없다고 한 사람도 있었다. 그녀는 그 밍크코트가 집들이에 입고 가기에는 지나치게 화려하다고 생각했다. 하지만 밍크코트는 그녀가 옷장을 열 때마다 눈에 걸렸다. 그녀는 결국 코트를 옷장에서 꺼내, 입고 있던 잠옷 위에 걸쳐보았다.

금요일이 되자 여자는 평소보다 일찍 근무를 마치고 집으로 돌아가 미리 준비했던 옷을 차려입었다. 날씨가 생각했던 것보다 춥지 않아 밍크코트를 입기에는 조금 무리가 있었지만 이제 와 다른 옷을 입고 싶지는 않았다. 대신 여자는 코트 안에 입었던 블레이저를 생략한 채 차로 이동했다. 그리고 곧 밍크코트를 입고 나온 것을 후회했다. 코트는 입고 있을 때는 더웠고 벗으면 추웠다. 결국 여자는 코트를 입은 채로 히터를 껐고 차가운 손을 입으로 불어가며 양평으로 향했다.

그녀는 장의 집에 도착하기 전, 저녁거리를 사 갈 생각으로 근처에 있는 대형 마트에 들렀다. 차에서 내리던 여자는 마트 안에 있는 음식에서 풍겨 나온 온갖 냄새가 밍크코트에 밸 수 있으리라 생각했다. 여자는 결국 코트를 벗은 채 마트 안으로 향했다. 냉장 코너를 지날 때마다 얇은 스웨터 사이로 추위가 밀려와 몸이 떨렸다. 스테이크용 고기와 신선한 채소들이 차곡차곡 카트에 실렸다. 여자는 마지막으로 소스용 와인 한 병을 카트에 실은 뒤 서둘러 장의 집으로 향했다. 그녀는 목적지에 거의 도착하고서야 자신이 장이 좋아하는 한식이 아닌 양식 재료만을 구입했다는 것을 깨달았다. 입맛만은 완전한 한국인인 장은 미국에 가서도 음식 때문에 오랫동안 고생했다고 말한 적이 있었다. 마트로 되돌아가기엔 이미 늦은 시간이었다.

장의 집은 이전에 보았을 때보다 근사했다. 2층짜리 양옥은 전부 새로운 색의 페인트가 입혀져 화사하면서 단정한 느낌이 들었다. 장은 깔끔하게 머리를 넘긴 채 따뜻한 색의 스웨터를 입고 여자를 맞았다.

그날 여자는 상상했던 것 이상으로 즐거운 시간을 보냈다. 장은 맨 먼저 그녀의 밍크코트를 칭찬했다. 그리고 여자가 코트를 벗기 전에 집 이곳저곳을 보여주며 자신이 그녀의 조언을 얼마나 진지하게 들었는지 알려주었다. 그녀는 자신의 손길이 그대로 미친 것 같은 집 안의 긍정적인 변화에 고무됐다. 여자는 스테이크용 고기를 얇게 저미 장이 사다 놓은 간장으로 불고기 전골을 했고 장은 그녀의 요리를 아주 맛있게 먹었다. 준비한 와인이 떨어지자, 그들은 소스용으로 사온 와인을 마시며 다양한 이야기를 나눴다. 대부분의 주제에 대해 둘은 같은 견해를 보였고, 가끔 의견이 갈릴 때도 관용적인 태도로 서로의 입장을 존중했다. 장은 때때로 여자의 손을 쓰다듬고 어깨를 장난스럽게 잡는 것으로 자신의 애정을 드러냈으며, 여자는 장의 손을 맞잡거나 그의 얼굴에 묻은 것을 털어내는 식의 행동으로 그에게 동조했다.

밤이 깊어가자 장은 여자를 위해 목욕물을 준비했다. 장의 집은 얇은 스웨터를 입은 채로 돌아다니기에는 조금 추웠다. 오랫동안 사람이 살지 않은 집 특유의 냉기가 집 안 전체를 감돌았다. 장이 뒤늦게 옷장에서 카디건을 꺼내 주었지만, 냉기는 이미 그녀의 몸에 달라붙어 밤이 깊도록 떨어지지 않았다. 그렇지만 여자는 따뜻한 물에 몸을 녹이며 그들의 저녁이 이전의 데이트보다 완벽했다고 여겼다.

여자는 물에 화장이 지워지지 않도록 조심하며 몸을 구석구석 깨끗하게 씻었다. 비누 거품을 씻어낸 후에는 몸을 닦고 가방에서 준비해온 속옷을 꺼내 입었다. 가슴을 그러모아 브라 안에 채우고 조금씩 아래로 처져가는 엉덩이를 속옷으로 잡아 올리자 제법 몇 년 전으로 돌아간 것 같았다. 그녀는 그 위에 장이 준비해준 가운을 걸치며 다시 한 번 얼굴을 점검했다.

침실로 들어선 여자는 장이 침대 머리에 등을 기댄 채 책을 읽고 있는 모습을 봤다. 여자가 옆으로 다가서자 장은 그녀의 모습을 훑어본 뒤 책으로 시선을 돌렸다. 여자는 장이 아무런 반응도 보이지 않자 침대 위로 올라가 그 옆으로 자리를 옮겼다.

"당신도 이제 씻었어요."

"나는 다른 욕실에서 씻었어요."

장이 손가락으로 위층을 가리키며 말했다. 시선은 금세 책으로 돌아갔다. 그녀는 약간의 무안함을 느꼈는데, 다른 쪽으로 생각해본다면 장이 느낄 어색함을 이해할 수 있을 것 같았다. 여자는 침대에서 벗어나 커피 테이블에 올려놓은 손가방에서 핸드폰을 꺼냈다. 기다리고 있는 연락 같은 것은 없었으나 그녀는 그 잠깐의 시간이 무료했다. 예상했던 대로 남동생과 교에게서 온 메시지를 제외하고 다른 연락은 없었다. 교는 때때로 여러 가십거리가 굉장히 자세한 방식으로 서술된 사이트를 링크로 걸어 문자를 보내곤 했다. 여자는 그들의 메시지를 확인하지 않은 채 다시 침대로 갔다. 장은 그제야 책을 덮으며 여자에게 다시 한번 그 날 저녁에 대한 감사를 표했고, 그녀의 입술에 가볍게 입을 맞췄다. 그녀는 왠지 그의 태도가 아까와는 달리 의무적이라고 느꼈다. 그의 손은 식사 때와 마찬가지로 그녀의 어깨나 손을 만지는 데에 주저함이 없었지만, 때때로 움직임을 완전히 멈췄다. 반쯤 벗은 상대가 민망해질 정도였다. 그런 행동은 이런 상황을 어색해하는 것과는 다른 느낌이었다. 그는 자주 눈을 모로 돌렸고 그럴수록 그녀는 좀 더 적극적으로 장에게 다가갔다. 장의 손길에 달아오른 그녀가 천천히 가운의 앞섶을 벌렸다. 가슴 근처를 지분대던 장이 또다시 손을 멈춘 채 여자에게 말했다.

"이제 불을 꺼도 될까요."

여자는 그의 말이 조금 이상하게 느껴졌다. 장의 목소리에서 흥분이 느껴지지 않았다. 그는 오히려 지나치게 정중했고 약간의 죄책감마저 느끼고 있는 듯했다. 장은 여자의 대답을 기다리지 않고 곧바로 방문 근처에 있는 스위치를 내렸다. 시야가 막막히 어두워졌다. 장이 그녀에게 다가가며 말했다.

"복잡하게 생각할 것 없어요. 그냥 불을 끈 것뿐이잖아요."

*

여자는 모임에 가기 전까지 비교적 오랜 시간을 미적댔다. 시간이 다가올수록 몸 이곳저곳에서 미약한 통증이 느껴졌다. 주말부터 시작된 감기 기운이 아직도 떨어지지 않은 채 목 언저리에서 맴돌았다. 처음으로 모임에 나가고 싶지 않은 마음이 들었는데 그것도 간단한 문제가 아니었다. 사람들은 미참석자에 대한 갖가지 소문을 손쉽게 만들어내곤 했다. 연령대가 있는 사람들의 모임이다 보니 아프다는 말이 나오면 건강하게 돌아온다고 하더라도 노인 취급을 받기 일쑤였다. 그렇다고 집안 사정을 핑계 대면 가정불화나 사업상의 문제가 꼬리표처럼 달라붙어 한동안 사람들 사이를 돌았다. 여자는 한 움큼의 약을 입안에 털어 넣고 모임 장소로 걸음을 옮겼다.

저번 시간과 이어진 이번 주 강연 주제는 좋은 와인의 요소에 관한 것이었다. 이제 막 서른을 넘긴 것으로 보이는 여자 강사가 와인의 향미와 질감에 관해 설명하며 테이블마다 비치된 와인을 예로 들었다. 오는 수업 전부터 마시기 시작한 와인으로 붉어진 얼굴을 들고 참석한 회원들을 살폈다. 오 옆에 앉은 여자는 모임 직전에 먹은 약 때문에 정신을 차릴 수 없었다. 강사가 요즘 떠오르고 있다는 오스트리아 그뤼너 벨트리너 품종의 화이트와인을 개봉하며 말했다.

"서양 의사들은 와인을 노인의 간호사라고도 말합니다. 노인들에게 가장 효과가 크기 때문이에요. 스트레스 해소에도 좋고 질병도 예방해주죠."

오가 여자의 귀에 대고 말했다.

"우릴 늙은이 취급하는 거 같지 않아요? 어떻게 나까지 그렇게 싸잡아서……"

오는 순간 자신이 뱉은 말이 너무 솔직하진 않았는지 곱

썹으며 여자를 바라봤다. 여자는 졸음이 완전히 가시지 않은 눈으로 오를 쳐다봤다. 오가 한심한 표정으로 여자를 바라보더니 나지막하게 말했다.

"그렇게 노인네처럼 졸지 말라니깐."

여자는 순간 오의 말에 정신이 들었다. 오는 아무 말도 하지 않은 사람처럼 다른 곳을 보고 있었다. 주변을 돌아보니 강연자가 자신을 바라보았던 것 같아, 여자의 얼굴이 술을 마신 사람의 것처럼 붉어졌다. 오가 여자를 바라보곤 의미심장한 목소리로 말했다.

"언니가 요즘에 많이 피곤한 것 같네요."

맞은편에 앉아있던 교가 흥미로운 표정으로 여자에게 말을 걸었다.

"왜, 장이 못살게 굴어?"

"나이도 있으신데 쉬엄쉬엄하셔야죠."

여자는 감기약 때문이라고 말하면서도 속으로는 장과 자신이 보낸 하룻밤에 대해 떠올렸다. 얼굴이 조금 전보다 붉어졌고, 여자의 변화를 포착한 오와 교는 더욱 호들갑을 떨었다. 오는 여자를 주책이라고 생각하는 것 같았다. 그러나 여자가 느낀 감정은 다른 종류의 부끄러움이었다. 그녀는 그날 장과 나누었던 대화나 먹은 음식의 맛보다도, 불이 꺼진 이후의 일들에 대해서 자주 떠올렸다. 그 시간은 식사 때 나눴던 대화만큼의 온도도 가지지 못했다. 마치 맛이 아닌 식감만 가진 음식과도 같았다. 그러나 그전까지 장과 나눈 이야기들, 그의 배려 같은 것들은 분명 만족스러운 형태로 그녀 내부에 자리 잡고 있었다. 여자는 어쩌면 장이 너무 일찍 불을 끈 것이 문제의 원인일지도 모른다고 생각했다.

강연이 끝나자 사람들은 테이블마다 작은 그룹을 만들어 본격적인 와인 품평 시간을 가졌는데 실제로는 술을 마시며 잡담을 하는 것에 가까웠다. 강연보다 파티에 가깝다는 점에서, 이번 프로그램은 다른 때보다 반응이 좋았다. 오는 평소와 달리 다른 곳을 기웃거리지 않고 한동안 여자 옆에 머무르며 노골적으로 장과 여자의 진도를 캐내려 했다. 교는 요즘 유행한다는 맞춤형 질 성형에 관해 얘기했고, 여성 잡지마다 뿌려져 있는 문구와 광고지 전면에 나온 그림들의 노골성에 관해 혹평했다. "글쎄 하나같이 만개한 꽃을 그려 넣은 거야!" 옆에서 가만히 듣고 있던 다른 부인은 중년이 된 남편들이 관계 회복을 빌미로 아내들에게 처녀막 수술을 강요하는 경우도 있다고 말하며 이제는 얼굴이나 몸뿐만이 아니라 거기까지 젊어져야 한다는 우스갯소리를 했다. 사람들은 모두 웃어버리며 이야기를 마무리 지었지만 여자는 그런 모든 것들이 조금도 우습지 않았다.

여자의 시선은 자꾸만 젊은 강사에게 갔다. 강사는 테이블을 돌며 회원들이 마시고 있는 와인에 대해 이런저런 평가를 덧붙였다. 부인을 따라 들어온 유부남 회원이든 바람기 많은 독신 남성 회원이든 모두들 전에 없이 빛나는 눈을 하고 어떻게든 강사와 말을 섞기 위해 안달했다. 여자는 강사의 외모가 자신의 젊은 시절보다 못하다고 생각했기 때문에 그녀가 받는 모든 관심과 애정이 부당하다고 느꼈다.

오가 여자의 어깨를 잡은 건 그때였다. 한가득 열기를 담은 손이 그녀의 어깨를 지그시 눌렀다. 여자는 그것이 자신의 기분에 영향을 미칠 정도로 높은 온도라고 느꼈다.

"엄마, 어디를 보고 있는 거예요?"

순간 여자는 고개를 돌려 오를 뚫어져라 바라보았다. 오는 누가 보더라도 취한 얼굴을 하고 있었다.

"엄마라고?"

"어머, 난 그런 말 한 적 없어요."

"왜 나한테 그런 말을 하는 거야?"

"내가 정말로 그랬어요?"

오가 높은 소리로 웃으며 여자에게 미안하다고 했다. 여자는 그런 오의 웃음이 자신의 굳은 표정마저 비웃는다는 느낌을 받았지만 더는 말을 이을 수 없었다. 주변 사람들은 어느새 자신과 오를 바라보고 있었다. 엄마라니, 난 한 번도 엄마인 적이 없는 여자라고. 여자는 분노와 수치심으로 얼굴이 터질 듯이 달아오르는 게 느껴졌다. 오는 아무 일도 없었다는 듯 자신이 병째 가져온 와인을 다른 이들에게 따라주었다. 그녀는 화를 가라앉히기 위해 노력하며 열이 올라오는 얼굴과 옷매무새를 점검하러 연회장 한쪽 벽면의 전신거울을 바라보았다.

거울은 생각보다 많은 여자들을 비췄다. 그들은 모두 약점을 감춰주는 옷들로 몸을 싸매고 있었다. 살이 파이고 늘어나, 함께 늙어가는 남편도 결정적인 순간에는 외면해버릴 그런 몸들. 그 안에는 유독 피곤해 보이는 여자가 있었다. 그녀는 그것이 자신 같기도 했고 한 번도 마주친 적 없는 여자 같기도 했다. 왼쪽 팔을 들어 올렸을 때, 그녀는 거울 속의 여자가 오른팔을 올리는 것을 보고 움직임을 멈추었다. 순간 자신이 겪은 그 모든 세월이 기억나지 않는 사람처럼 가슴이 답답했다.

그녀는 이제 고개를 돌려 제 앞의 사람들을 똑바로 보았다. 익숙한 이들의 모습이 생경하게 느껴졌다. 그들은 무료한 듯 마음에 없는 웃음을 짓거나 권태로운 표정으로 상대방의 이야기를 들었다. 여자는 꽉 조인 벨트 아래로 자신의 배를 느꼈다. 그녀의 배는 또래들에 비해 처짐 없이 날

씬했다. 여자는 제 옆에 서 있는 교 쪽으로 시선을 돌렸다. 두 명의 남편을 두었던 교는 세 번의 출산을 겪으며 아랫배가 사타구니까지 처졌다고 했다. 뭐든 과장을 하는 교였기 때문에 믿을 수는 없는 말이었지만, 그녀는 그것을 두고 오와 함께 험담을 한 적이 있었다.

그녀는 아이를 낳아본 적이 없었다. 아주 오래전에 딱 한 번, 가져본 적이 있을 뿐이다. 그때 그녀는 배가 나오는 것이 부담스러웠다. 그렇게 반짝이던 친구들도 출산 이후에는 종종 이전 모습을 회복하지 못한 채 그대로 주저앉는 경우가 많았다. 게다가 아이가 있는 집에서 끊임없이 말썽이 일어난다는 건 주변과 친척을 통해 익히 알고 있는 사실이었다. 언젠가 일어날 일이라고 해도, 아직은 엄마가 되고 싶지 않았다. 그녀는 남편에게 말하지 않고 병원을 갔고 얼마 안 가 그 사실을 들키고 말았다. 남편은 어린 아내를 용서했다. 그리고 아주 빠르게, 저 혼자 늙어갔다. 여자는 그제야 자신이 얼마나 나이 차이가 많이 나는 남자와 결혼을 했는지 깨달았다. 그녀는 남편이 자신을 속였다고 생각했다.

눈을 감았다 뜨는 것처럼 전등이 깜박였다. 여자가 그것을 맨 먼저 발견했다. 연회장의 출구부터 그녀가 있는 곳까지, 모든 불이 꺼지기까지는 아주 잠깐이었다. 정전이었

다. 조금 전까지만 해도 소음으로 충만했던 곳이 갑작스
러운 고요로 가득 찼다. 여자는 다른 사람들과 마찬가지
로 당황했으나 조금은 달랐다. 혼란스러운 마음과 달리 머
리는 차갑게 가라앉았고 사방이 막힌 듯이 답답했다. 침대
위에서 몇 번이고 고개를 모로 돌리던 장의 모습이 떠올랐
다. 장은 그녀의 몸을 보고 싶어 하지 않았다. 그녀는 장이
불을 끄지 말았어야 했다고 생각했다.

　잠깐의 정적은 끝이 났다. 이곳저곳에서 핸드폰 불빛이
켜지기 시작했다. 어둠 속에서 지나치게 반짝이는 빛들이
탁자 밑과 서로의 얼굴을 두서없이 비췄다. 여자는 엄마를
잃어버린 아이처럼, 절박한 표정으로 누군가를 찾았다. 누
군가 그녀의 이야기를 들어줄 만한 사람이 필요했다. 그녀
의 눈에 교가 들어왔다. 여태껏 신경도 쓰지 않았던 교의
모습은 불빛 아래서 새롭게 보였다. 여자는 그 과한 화장
속에서 교의 젊은 시절 모습을 찾아내고 깜짝 놀랐다. 세
월과 살에 눌린 지금의 교는 어디에서나 볼 수 있는 아줌
마에 가까웠다. 하지만 그 두 가지를 걷어내고 보았을 때,
여자는 교의 빛나는 눈과 높은 코, 고른 치아와 언제든 쾌
활한 미소를 지어 보이는 입술을 발견할 수 있었다. 여자
는 교가 젊은 시절 얼마나 아름다웠을지, 마치 사진을 보
듯 똑똑히 알 수 있었다. 젊은 교의 아름다움은 여자가 젊

었을 때 가졌던 아름다움보다도 더 생기 있고 반짝였을 것이다. 그러자 여자는 회원 대다수가 비웃으며 흘려들었던 교의 연애담이 모두 사실이었을지 모른다고 생각했다. 그렇다면 교에게 무슨 일이 있었던 것인가. 왜 교는 이토록 망가져버린 걸까. 여자는 결국 고개를 돌리고 말았다. 답은 하나였다. 교는 그저 나이를 먹은 것뿐이었다.

사람들은 갑작스러운 정전에 불만을 터트렸다. 몇 모금 마시지 않은 술이 약 기운과 합쳐져 그녀의 머릿속을 어지럽혔다. 여자는 스스로의 의지와 상관없이 장과의 미래를 상상했다. 그녀는 밤이 올 때마다 불을 끄고, 어둠 속에서 자신을 만지는 장을 떠올렸다. 그녀의 주름 잡힌 몸을 만지는 장의 손이 가끔씩 저도 모르게 흠칫거리는 장면도 생생하게 그려졌다. 그러다 어둠도 가려낼 수 없을 정도로 늙어버리면, 아마 장은 더는 여자를 안지 않을 것이다. 그래도 여전히 가장 친한 친구로, 인생의 동료로 그녀의 곁에 있을지 모른다. 그렇지만 그런 게 다 무슨 소용이 있겠는가.

여자는 그런 미래는 상상하고 싶지 않았다. 그녀의 몸무게는 그때가 되더라도 지금과 별반 다르지 않을 것이다. 그리고 작은 사이즈의 옷을 입으며 안심할 것이다. 그렇지만 그녀는 이미 그런 숫자들이 의미가 없다는 걸 알았다.

어쩌면 그녀는 그때 아이를 낳지 않는다면 계속해서 여자로 남을 수 있을 거라고 생각했는지 모른다. 이혼에 대한 상처 때문에 아무에게도 이혼 사유를 얘기하지 않는다고 했지만, 사실 그녀는 그때 당시를 생각할 때마다 아주 큰 부끄러움을 느꼈다.

누군가가 정전이 곧 해결될 것이라고 했다. 그리고 아무도 자리에서 움직이지 않길 바란다고도 그랬다. 또 다른 누군가가 정전의 원인에 대해서, 그리고 그것이 정확히 언제 끝이 나는지 물었지만 아무도 대답해주지 않았다. 그녀는 다른 이들이 쏟아내는 악의에 찬 불만들을 제대로 구분하여 들을 수 없었다. 여자는 무슨 말이든 해야 한다고 느꼈다. 장이 그녀에게 무슨 짓을 했는지 혹은 누구에게도 말하지 않았던 이혼 사유에 대해서. 그것도 아니면 그녀가 자신과 열 살이 차이 나는 남편의 굽어가는 등을 바라보며 어떤 식으로 자신의 미래를 가늠했는지. 하지만 여자는 그 시작을 어떻게 해야 할지 알 수 없었다. 모든 것들은 어떤 연관 관계가 있어 보였지만 여자는 그것을 어떻게 정리해야 할지 몰랐다. 그녀는 오래전부터 자신의 얼굴이, 몸이, 결국에는 주름질 것이라는 사실을 두려워했다. 그것은 어떤 수를 써서도 막을 수 없는 일이었지만 그녀는 평생을 걸쳐 그 모든 것에서 멀어지기 위해 노력했다. 그러나 여자는 실패했고 이제는 자신이 전혀 자랑스럽지 않았다. 그녀는 결국 자신이 온 생을 걸쳐 아무것도 극복하지 못했다는 것을 알았다.

●

책
무
덤

누군가의 수면을 지켜보는 건 무료한 일이었다. 병실 한 편에 방치돼 있던 책 한 권을 집어 들었다. 아마도 생의 마지막을 함께할 요량으로 골랐을 것이다. 아무렇게나 앉아 책을 펴 들었다. 오제는 산에서 돌아온 페르귄트를 병상에서 맞이하고 아들의 이야기를 들으며 임종한다. 이미 읽은 책이라는 걸 뒤늦게 깨달았다. 몇 줄이 눈에 익었는데 내용은 희미했다. 책을 덮었다. 아버지는 하루가 지날 때마다 조금씩 죽음에 가까워지고 있었다. 그렇다면 살아간다기보다 죽어간다는 표현이 맞을 것이다. 답답한 마음에 병실을 나섰다. 지희가 보고 싶었다. 몇 분 전에 받은 문자메시지 때문이었다. 거기에는 나와 술 한잔하고 싶다고 쓰여 있었다.

영국에서의 우리는 매일같이 술을 마시며 돈을 낭비하

고 생활을 낭비했다. 절대 끝날 것 같지 않은 시간이었는데 어느새 과거가 되어 있었다. 잊고 있던 거리의 냄새가 코끝을 맴돌았다. 나도 그녀와 술을 마시고 싶었다. 제법 비싼 술집에서 맥주를 시켜놓고 시시껄렁한 농담을 주고받고 싶었다. 나는 우리가 자주 가던 술집으로 한걸음에 달려갔다. 지희는 전과 같은 모습으로 그 자리에 있었다. 미리 약속이나 한 듯 앞에 앉았더니 오히려 그쪽에서 나를 보고 놀란 눈치였다.

"문자 보낸 지 얼마 안 된 것 같은데."

지희는 별로 기뻐 보이지 않았다. 나는 그만 무안해져 퉁명스레 답했다.

"술 마시자며."

"영국에는 언제 온 거야?"

"방금 왔어."

문득 그녀가 왜 술도 주문하지 않은 채 혼자 앉아 있었는지 궁금했다. 굳이 따져 묻지는 않았다. 이상한 일은 살면서 수도 없이 일어난다.

우리는 줄곧 함께해온 친구처럼 술을 마셨다. 지희를 봐서 기뻤고, 그녀도 그러길 바랐다. 테이블에 놓인 영수증이 눈에 들어왔다. 안주 하나에 맥주 몇 병을 주문한 정도였는데도 값이 꽤 나왔다. 수중의 돈이 얼마 되지 않았다.

아버지가 입원한 후로는 집에서 가져갈 수 있는 돈이 없었다. 현금과 통장 잔액을 포함해 20만 원 정도가 지금 가진 전부였다. 이런 곳에서는 칵테일 몇 잔에 동날 액수였다. 옛 애인에게 주머니 사정 같은 건 들키고 싶지 않았다.

시켜놓은 술을 모두 비우자 취기가 돌았다. 때마침 연락 온 그녀의 일본인 친구가 선뜻 와주기로 했다. 친구가 오기 전에 우리 몫의 계산을 끝내기로 하고 파인트 크기의 라거를 하나씩 시켰다. 지희는 나를 오랜만에 보았으니 자기가 내겠다고 했다. 그럴 필요는 없다고 말하고 싶었는데 전부 부담할 자신은 없었다. 어쩔 수 없다는 듯 웃어버린 후 고맙다고 말했다. 지희는 만족스러운 웃음을 지었다. 아마도 영수증을 바라보던 내 눈길을 알아챈 것 같았다. 그 자리에서 계산하는 모습을 빤히 볼 수 없어 괜히 천장만 바라보았다.

몇 년 전까지만 해도 지희와 나는 이곳에서 많은 시간을 보냈다. 관광지 근처인 데다 템스강과도 가까워 외국인들이 많이 오는 곳이었다. 그때는 영국 출신 작가들의 책이 테이블마다 꽂혀 있었다. 나는 주문한 맥주가 나올 동안 습관적으로 『모로 박사의 섬』이나 『댈러웨이 부인』의 첫 문장, 길게는 한 단락을 읽어냈다. 그렇게 많은 돈을 이곳에 낭비했음에도 소설 하나 제대로 읽어내지 못한 게 신기할 지경이었다. 그러나 거기에는 술에 취하거나 지희에게 치근거리느라 바빴다는 것보다 더 그럴듯한 이유가 있었다.

당시 내 시선은 주로 천장에 머물곤 했다. 그곳에는 거대한 책장과 거기에 꽂힌 수많은 책이 실물과 같은 크기로 그려져 있었다. 책들이 얼마나 사실적이었는지, 술을 마시고 보면 도무지 실제와 구분해낼 수 없을 정도였다. 나는 때때로 그림 속의 책들이 진짜인 양 읽을 만한 책을 골라내기도 했다. 그러다 보면 어느 순간 초점이 흐려진 시야 사이로 벽에 그려진 책들이 흔들렸다. 곧 떨어지는 책들에 압사당하는 장면이 눈앞에 펼쳐졌다. 나는 고행이라도 하듯 제자리에 버티고 서 있었다.

지금은 천장을 가득 메우던 책들이 그림 속에서 사라지고 없었다. 책들은 사라지고 텅 빈 책장만이 남겨진 것이다. 테이블마다 꽂혀 있던 책들도 자취를 감췄다. 그 책들만큼은 순서대로 열거할 수 있으리라 자신했는데, 막상 떠올리려 하자 서너 권 이상은 도무지 생각나지 않았다. 대신에 나는 끝도 없이 떨어지는 책들에 의해 죽어가는 누군가를 상상했다.

눈만 겨우 뜰 정도로 상태가 악화되자, 아버지는 하루의 대부분을 천장을 보고 누워 있어야 했다. 그는 정신이 들

때마다 손을 더듬어 무언가를 찾았다. 그 무언가가 책이었다는 건 쉽게 알 수 있었다. 원하는 책이 잡히기 전까지 더듬거림을 멈추지 않았기 때문이다. 오로지 책만이 그를 위로할 수 있었다. 하지만 나는 옛날부터 책들이 그를 배반하고 말 것이라 확신했다. 그렇게 오랜 기간을 보살펴주었어도 그것들이 아버지에게 준 거라곤 살모넬라와 시겔라균 정도였다. 오직 아버지만이 이를 부정할 뿐이었다. 책과 비교하면 어머니와 나는 당신이 죽을 날만 기다리는 사람들로 보였을 것이다. 그리고 그건 어느 정도 사실이었다.

지희가 부른 마유리라는 여자는 꽤 예뻤다. 지희보다도 예뻐서 나는 마유리를 쳐다보지 않기 위해 노력해야 했다. 그런 노력이 무색하게도 그녀들은 나를 없는 사람처럼 대했다. 서로의 어제와 오늘을 아는 사람들의 대화에는 도무지 낄 재간이 없었다. 나는 오갈 데 없어 술집에 있는 사람처럼 술이나 축내며 입을 다물었다. 마유리가 왜 이 자리에 왔는지 의문이었다. 그녀가 예쁜 건 사실이었지만 지희를 독차지하는 걸 보니 쓸데없이 질투가 일었다. 지희의 옆모습을 보려고 영국까지 온 것은 아니었다. 이제 그만 자리를 파할까 싶은 찰나에, 그녀들이 불쑥 화제를 돌렸다. 모인 이유가 나 때문이라는 것이다. 둘은 마신 술에 비해 필요 이상으로 흥분했다. 대화 주제는 내가 지금 어떻게 영국에 있는지로 흘러갔다.

"뭐가 그렇게 이상하다는 거야?"

지희는 문자를 보내고 얼마 지나지 않아 한국에 있던 나를 보는 게 말이 되냐며 따지고 들었다. 어떻게 왔는지 설명해주려 했는데, 어머니로부터 전화가 걸려왔다. 그녀들은 곧 입을 다물고 내 쪽을 향해 눈을 빛냈다.

"열 번을 넘게 전화했다. 도대체 왜 이렇게 안 받는 거니?"

9천 킬로미터에 달하는 두 도시 간의 거리 때문인지 통화 감이 좋지 않았다. 지친 기색이 역력한 어머니의 목소리를 들으니 죄스러운 마음이 커져 금방 가겠다고 대답했다. 하지만 말처럼 빨리 가고 싶은 마음은 들지 않았다. 아버지의 병간호는 시간이 지날수록 버거운 일이 되어갔다.

"아버지는요?"

"아직 주무신다."

어머니는 수십 년 동안 아버지 곁에서 그의 하중을 책시렁같이 견뎌낸 사람이었다. 요즘 들어서는 2년이 넘도록 결판나지 않는 아버지의 병치레에 눈에 띄게 지쳐가고 있었다.

내가 아버지의 서재에 갇혀 뜬눈으로 밤을 지새운 날, 어머니는 아버지에게 당신이 죽으면 이 서재도 함께 묻어

주겠노라고 쏘아붙였다. 어린 나는 그녀의 등에 머리를 기대고 혼곤한 잠 속으로 숨어들었다. 그때도 우리는 아버지에게 책보다도 못한 취급을 받았다. 지금이라고 크게 다르지 않았다. 그런데도 어머니와 나 사이에 아버지의 안부를 제외한 다른 대화는 이어진 적이 없다.

"어서 빨리 결판을 내주면 좋으련만."

나는 어머니의 긴 한숨을 끝으로 전화를 끊었다.

통화가 끝나자 마유리는 "김상은 마마보이네요"라고 우스갯소리를 했다. 나는 그녀의 말이 전혀 우습지 않았는데도 설핏 웃어버렸다. 내 웃음에 지희가 다시 원래의 주제를 꺼내 들었다. 내 마음이라도 읽은 사람 같았다.

"어떻게 이렇게까지 빨리 올 수 있었던 거야?"

비행기를 탄 기억은 없었다. 인천공항에서 수속을 밟은 일도 없었고, 이민국에서 방문 목적을 묻는 날카로운 질문을 받은 적도 없었다. 하지만 분명히 알고 있었다. 아버지가 있는 병원에서 나와 이곳까지……

"걸어왔지."

두 여자는 어처구니없다는 표정으로 나를 노려봤다. 이제 그런 농담은 그만해, 하는 눈초리였다. 그래도 그게 내가 아는 사실이었다.

"정말로 걸어왔어."

둘은 저들끼리 고개를 맞붙이고 수군거렸다. 왜 나를 믿지 못하는 거냐며 따지고 싶었다. 안다. 믿든 안 믿든, 그것은 우리가 헤어졌을 때처럼 지희가 결정할 문제였다. 하지만 이번에는 달랐다. 나는 정말로 이곳까지 걸어온 기억밖에 없었다. 그녀가 믿어주지 않아 섭섭했다. 지희는 나를 빤히 쳐다보다 그래, 하고 건성으로 고개를 끄덕이며 안주를 집어 먹었다.

"그렇게 말한다면 어쩔 수 없지."

그녀는 나를 달래듯 실실 웃었다. 대체 그게 뭐가 믿어주는 거냐며 따지고 싶었는데, 화를 내더라도 태도가 바뀔 것 같지 않아 포기했다.

"한국은 언제 돌아갈 건데."

그게 문제였다. 요즘 들어 잠이 많아진 아버지의 상태도 슬슬 걱정됐다. 자고 있을 때와 깨어 있을 때가 그다지 다르지는 않았으나 눈을 뜨고 있을 땐 그래도 산 사람이라는 생각에 병원비가 덜 아까웠다. 한국에 있는 사람을 떠올리니 나는 지금 영국에 있는 것이다, 하는 문장이 실제로 다가와 불안해졌다. 왔던 것처럼 돌아간다 해도, 이런 깜깜한 밤중에 길이라도 잘못 들면 시베리아에서 동사한 시체로 발견될지도 모른다. 안전한 방법으로 돌아가기 위해서는 백만 원이 넘는 돈을 들여 한국행 티켓을 끊어야 했다.

하룻밤 새에 엄청난 원화 폭등이라도 일어나지 않는 이상, 수중의 돈으로는 어림도 없었다. 어머니에게는 말하고 싶지 않았다. 아버지가 누워 계시는데 옛 애인이나 만나려 간 정신 나간 자식으로는 보이기 싫었다. 그게 사실이라도 그랬다. 아버지는 지희를 탐탁지 않아 했다. 사실대로 말한다 해도 돈을 줄 리도, 믿어줄 리도 없었다. 돌아갈 길이 막막했다. 나는 고작 술 한 잔을 얻어 마시려고 이곳까지 왔단 말인가?

"걱정하지 마. 왔던 것처럼 돌아갈 수 있을 거야."

"이 상태로 어떻게 돌아가라는 거야?"

지희의 말을 듣자, 그녀의 긍정적인 성격이 얼마나 나 자신을 좀스러운 인간으로 만들었는지 떠올랐다. 그녀는 언제나 내 걱정과 우려를 대수롭지 않게 받아들였고, 이해하려 들지 않았다.

"일단 걸어보면 알 수 있지 않을까?"

별수 없이 지희의 말을 듣기로 했다.

우리는 밤의 차가운 공기를 마시며 거리를 걸었다. 늦은 시간이라 가로등을 제외한 모든 불빛들이 사라졌다. 쇼윈도 속으로 희미하게 비치는 상점들의 모습이 낯설었다. 내가 없는 몇 년간 거리의 많은 것들이 변해 있었다. 그렇지만 상관없다. 나에게는 지희가 있다. 이제 얼굴이 예쁜 그녀의 친구도 눈에 들어오지 않았다. 그녀는 처음부터 조연이었다. 이게 영화라면 '김상은 마마보이네요'라는 대사 하나를 치기 위해 캐스팅된 것이다. 그녀의 활약은 거기서 끝이었다. 왜 술집 앞에서 헤어지지 않았는지 알 수 없었다.

걷다 보면 무슨 뾰족한 수가 생기리라 여겼는데 한참을 걸어도 한국으로 돌아갈 방법이 떠오르지 않았다. 거리에서 밤을 새울 것 같은 예감이 들었다. 그녀들이 이렇게 집에도 들어가지 못하고 밤거리를 쏘다니게 된 건 내 탓이었다. 나는 왜 다른 평범한 사람들처럼 이곳에 비행기를 타고 오지 않았을까. 사실 비행기를 타야 했다면 다시는 이 땅을 밟지 않았을 확률이 높았다. 옛 연인을 향한 그리움 같은 건 그리움으로 남아 있을 때가 좋은 것, 뭐 그 비슷하게 합리화시켰을 것이다.

나는 이곳을 좋아했다. 좋아했기 때문에 몇 년이나 적응하기 위해 노력했다. 하지만 새로운 사람을 만날 때마다 나는 버킹엄 궁전이나 타워브릿지를 구경하러 온 돈 많은 아시아인 취급을 받았다. 마지막에 가서는 그것 역시 나쁘지만은 않았다. 그 덕에 쉽게 다른 이들에게 잊히기도 했고, 언젠가 떠날 사람이었기에 무책임한 일들을 죄책감 없이 벌일 수 있었다. 모든 기억은 길가의 쓰레기들처럼 쉽게 버려질 수 있다고 생각했다. 그저 분류할 수 없는 구제

불능의 폐기물처럼 땅에 묻고 그 일부가 되기까지 시간이 걸릴 뿐이었다. 책이 사라진 도시에는 담을 데 없는 이야기들이 여기저기 굴러다니고 있었다. 그것들을 발로 차 쓰레기통에 버리고 싶었다. 거리는 지저분한 문장들로 낙서될 것이다. 나는 그런 징조를 느끼며 그녀들을 따라갔다. 곧 낯익은 거리가 눈에 들어왔다. 내가 말했다.

"저기서 두 블록만 더 걸어 들어가면 계곡이 있어."

처음 이 도시에 왔을 때 우연히 길을 잃고 헤매다 발견한 장소였다. 도심 속 공원과 같은 입구와는 달리 들어가면 갈수록 깊고 울창한 숲이 나왔다. 예전에는 이곳을 거닐며 쓸데없이 공원만 많은 나라라고 투덜거리기도 했다. 우리는 숲속으로 걸음을 옮겼다. 마유리는 갈수록 나를 이상하게 보았다. 그러나 사실 가장 이상한 것은 열심히 우리를 따라오는 마유리의 밑도 끝도 없는 성실함이었다.

숲에 들어서자 지희는 나무 사이로 갑자기 스컹크가 나타나진 않을까 걱정이라고 했는데, 내가 보기에는 그러기를 내심 기대하는 눈치였다. 우리는 예전에 스컹크 방귀가 마리화나 냄새와 같다는 얘기를 듣고 스컹크가 출몰하는 지역에만 가면 코를 킁킁대곤 했다. 나는 지희에게 너만 원한다면 스컹크 따위 얼마든지 잡아줄 수 있다고 말했다. 그녀는 내가 점점 술에 취하는 것 같다며 걱정스러운 표정을 지었다. 그런 그녀가 스컹크보다도 귀여워 키스하고 싶었지만 기회를 놓쳤다.

얼마 지나지 않아 우리는 계곡에 버려진 낡고 작은 보트 한 척을 발견했다. 하나뿐인 노가 그마저도 반으로 부러져 있어 제 기능은 할 수 있을지 의심되는 꼴이었다. "이걸 타면 한국으로 갈 수 있어"라고 자신 있게 말했다. 마유리는 의심의 눈길을 보냈고 지희는 오랜만에 한국에 갈 수 있게 됐다고 손뼉을 치며 좋아했다. 결국 마유리 또한 강한 호기심을 버리지 못하고 우리 셋은 다 함께 한국에 가기로 했다. 보트에 오르자 그녀들은 생각한 것보다 나쁘지 않다며 나를 응원했다. 어쩌면 한국에 도착할 때까지 버틸 수 있을지도 모른다. 노를 잡은 내가 중간에 앉고 지희는 내 앞에, 마유리는 그 옆에 앉았다. 지희와 함께 한국에 갈 생각을 하니 절로 힘이 났다. 반쪽짜리 노로 바닥을 밀어 보트를 출발시켰다.

오늘따라 달도 밝고 구름도 없다며, 지희는 밤 소풍을 나온 사람처럼 좋아했다. 우리는 주변 경관을 둘러보았다. 그리고 보이는 것보다 보이지 않는 것들에 감탄했다. 보트가 나아갈수록 강물의 폭이 넓어지고 물살이 거칠어졌다. 배가 방향을 잃지 않게 노를 단단히 잡아야 했다. 나는 노를 저으면서도 지희에게 수작을 걸기 위해 노력했는데, 그녀는 마치 의식적으로 날 피하기라도 하듯 내 쪽으로는 시선조차 두지 않았다. 지희의 태도만 보면 우리 사이에는 아무런 과거도 없는 것 같았다. 외면하고 싶은 그녀의 마음을 이해할 수 있었으나, 이해하고 싶지 않기도 했다.

우리가 헤어질 때, 지희는 만약 자신이 한국으로 돌아온다면 우리 사이의 중요한 것을 잃어버리게 될 거라고 말했다. 나는 그녀의 말을 알아듣지 못한 사람처럼 굴었다.

네가 한국에 돌아올 때까지 기다릴게.

거짓말하지 마.

지희는 어떻게 매번 내 거짓말을 눈치챌 수 있었을까. 그건 지희가 나와 함께 한국에 남아 있는 일이 불가능했기에 한 말이었다. 하지만 그 말을 할 때만큼은 진심이었다. 다만 끝까지 기다릴 자신이 없을 뿐이었다. 나는 그 마음만큼은 지희가 알아주기를 바랐다. 그녀가 내 거짓말을 알아챈 것처럼, 나는 지희가 진심이라는 걸 알았다. 지희는 한국으로 돌아오지 않을 것이다. 한국행 비행기 안에서 배속의 아이를 잃었기 때문이다. 아버지는 그 소식을 듣고도 책의 접합 부분만 들여다보았다. 나는 아버지가 내 삶을 망치고 있다고 했다.

물살이 약해지고 있었다. 힘으로 노를 저어 앞으로 나아가는 수밖에 없었다. 불안감이 밀려왔다. 달빛에 수풀이 무성한 지대가 어렴풋이 드러났다. 열심히 노를 저었지만 보트는 홀린 듯 그곳으로 빨려 들어갔고 이후에는 수풀에 둘러싸여 움직이지 않았다. 나는 〈아프리카의 여왕〉에 나오는 험프리 보가트가 되어 사랑하는 여자 앞에서 체면을 구기지 않고 위기에서 벗어나기 위해 노력했다. 그러나 아무리 노를 저어도 보트는 조금씩 제자리에서 돌기만 할 뿐 앞으로 나아가지 못했다. 애초에 나는 찰스 선장 같은 육체파도 아니었다. 할 수 없이 지희와 마유리에게 도움을 청했다. 그녀들은 즐거울 것만 같았던 모험에 이런 역경은 상상하지 못했는지 잠시 당황하다가 결국 고개를 끄덕였다. 내가 뒤쪽에서 노로 강바닥을 짚으며 보트를 밀고 그녀들은 앞쪽에서 수풀을 헤치며 길을 만들기로 했다. 제대로 알아듣지 못한 마유리를 위해 지희가 시범을 보였는데, 마유리는 멀찍이 떨어져서 딴청을 부렸다. 이런 상황에서 돕지도 않고 뭘 하는지, 저 여자는 그림같이 앉아 있는 것 외엔 할 줄 아는 것이 없는 사람 같았다.

시간은 덧없이 흘러갔다. 숨을 돌리기 위해 굽은 허리를 폈더니 다른 풍경이 펼쳐졌다. 날이 점차 밝아왔다. 그때부터는 조금 수월했다. 적어도 우리 앞에 무엇이 있는지는 알았다. 눈앞으로 바다가 펼쳐졌다. 그녀들은 백치처럼 환호성을 질렀다. 무언가 잘못 돌아가고 있었다.

의사는 아버지에게 주어진 시간이 얼마 남지 않았으니 마음의 준비를 해야 한다며 어머니와 나를 겁주었다. 우리는 의사의 말을 믿지 않았다. 책을 찾는 그 손. 그것은 분명 그가 제대로 숨을 쉬고 있을 때보다 더 간절해 보였다. 아버지의 손을 잡은 어머니는 자신을 쳐내는 분명한 힘을 느끼며 아버지의 수명을 가늠했다. 저 인간은 나를 말려 죽이려고 작정한 거야. 아버지는 무언가 단단히 착각하고 있었다. 책은 그를 구원해주지 못할 것이다.

바다에 도착하자 한국과 영국 사이의 거리가 믿을 수 없을 만큼 현실적으로 느껴졌다. 먼 곳의 수평선만이 겨우 하늘과 바다의 경계를 구분해주고 있었다. 이런 식으로 노를 저어서는 한국에 도착하기도 전에 지쳐 떨어질 게 분명했다. 그녀들은 바다의 투명함과 끝없이 펼쳐진 해안 절벽을 바라보며 감탄을 금치 못했다. 입을 모아 조금만 더 가면 한국이 보일 거라고 외쳤다. 한국이 어디에 붙어 있는지 잊어버린 게 분명했다. 날짜변경선을 넘어가는 엄청난 거리에 대한 감각을 잊지 않고서야 어떻게 저럴 수 있을까. 애초에 한국의 바다에 인접했다면 이렇게 깨끗할 리 없었다. 속이 훤히 들여다보이는 투명한 바다에서 나는 원인을 알 수 없는 공포를 느꼈다. 금방이라도 굶주린 식인 상어가 나타나 우리를 덮치거나, 갑작스러운 파도에 보트가 뒤집혀 깊이조차 가늠되지 않는 바닷속으로 가라앉을 것만 같았다.

그렇게 내 앞으로 보이는 광경에 압도되어 침만 삼키고 있는데, 바지 주머니에서 전화벨이 울렸다. 어머니였다. 금방 돌아오겠다는 아들이 몇 시간째 잠잠하니 걱정이 된 모양이었다. 이번에는 어떤 변명을 해야 할지 딱히 떠올리지 못한 채로 전화를 받았다. 어머니 쪽에서는 말이 없었다. 꼭 이런 상황을 전에도 한 번 맞닥뜨린 느낌이 들었다. 어머니가 울고 있으리라 짐작했다. 목 끝까지 찬 말을 억지로 삼키며 상대방이 무슨 말이라도 하기를 기다렸다.

"빨리, 빨리 와야겠구나."

예상과 달리 어머니는 울고 있지 않았다. 그저 아까의 통화보다 조금 더 목소리가 낮아졌을 뿐이었다. 어쩌면 이미 너무 울어, 오지 않는 아들을 기다리다 마음이 차분해졌는지도 모른다. 부모 중 누구의 것인지 모를 서늘한 원망이 전화기 너머로 흘러나왔다. 또다시 금방 가겠다는 말밖에 할 수 없었다. 아버지의 안부는 묻지 않았다. 이제 정말이지 빨리 돌아가야 했다.

죽음을 목전에 두고도 아버지는 미련을 버리지 못했다. 그러니 누가 뭐라 해도 그는 책에 미친 사람이었다. 그것이 누구의 책인지, 무슨 내용을 담고 있는지는 중요하지 않았다. 오히려 그런 것에는 별 관심 없이 잘 재단된 책을 모으는 일에만 온 신경이 집중돼 있었다. 그저 책의 형태를 지닌 것이면 됐다. 아버지의 서재는 책을 읽는 공간이 아닌 단순히 보관을 위한 장소였다. 어릴 때의 나는 아버지의 서재에 들어가기 위해 무던히 노력했고 그는 매번 내 부탁을 거절했다. 거절할 뿐만 아니라 책에 안 좋은 영향이라도 미칠까 서재 근처에 얼씬도 못 하게 했다. 그러다 아버지가 외출한 사이, 서재 안으로 들어가 뜻도 알지 못하는 책을 읽다 잠든 적이 있었다. 돌아온 아버지는 내가 책에 손을 댔다는 사실에 화가 나 밤새 서재 문을 잠가놓았다. 어머니는 나를 찾기 위해 온 동네를 미친 사람처럼 뛰어다녔고, 나는 아침이 될 때까지 책이 퍼붓는 끔찍한 저주를 들으며 떨고 있어야 했다.

그 뒤로 오랫동안, 아버지의 바람대로 그와 그의 책들을 제대로 바라볼 수 없었다. 나는 책의 망령이 오래전에 내 아버지를 결딴낸 것이라 생각했다. 그는 내 아버지가 아니다. 내가 알아채지 못할 정도로 어릴 때 책에 해코지를 당한 것이 틀림없다. 그런 식으로 그가 도통 자식을 돌아보지 않는 이유를 이해하기 위해 노력했다. 내 유년기는 그렇게 흘러갔다.

아버지가 쓰러진 후에야 그가 책을 읽지 않는 이유가 궁금해졌다. 아버지는 서재 가득 책을 쌓아놓았음에도 박학한 사람이 아니었다. 그것이 지식에 대한 두려움이든 자신의 무지함에 대한 절망이든 아버지는 책의 겉면에만 온 관심을 쏟았다. 정말로 책을 모으는 것 이외에는 관심이 없었을까. 그래서 그게 무얼 담고 있는지 모를 정도로 책의 내용에는 괘념치 않았던 것일까. 왜 그가 어린 나를 서재에 가두었는지는 미루어 짐작하고 있었다. 적어도 서재에 몰래 들어가 화가 난 것은 아니었다. 내가 책을 읽는 것을 용서하지 못한 것이다. 책에 대한 나의 순수한 관심이 그의 무지를 조롱하고 있다고 느꼈을지도 모른다. 그는 왜 내가 자랑스럽지 않았을까. 무언가를 배우고 싶어 하는 마음을, 곁에 있고 싶어 하는 어린 자식의 마음을 왜 바로 보지 못했을까. 왜 그는 우리를 사랑하지 않았을까. 나는 그것이 이해되지 않았고, 그는 이해받으려 한 적이 없었다.

작게 일렁이는 파도가 보트를 흔들었다. 잔물결이 끊임없이 몰려들었다. 바람은 우리가 나아가야 할 방향에서 불어왔다. 보트는 물결에 휩쓸려 절벽 근처로 밀려났다. 나는 그 옆으로 보트를 대고 낭떠러지를 오르기 시작했다.

"지금 뭐 하는 거야?"

지희가 당황한 목소리로 말했다. 빨리 따라오라며 그녀에게 소리쳤다. 지희는 미심쩍은 표정을 지으면서도 곧 내

뒤를 따랐다. 파도가 점점 거세지자 발만 구르며 구경만 하던 마유리도 보트에서 발을 떼고 절벽에 매달렸다. 마지막 사람까지 절벽에 오르자, 보트는 반쪽짜리 노와 함께 맥없이 주변 바위에 부딪혀 조각났다. 수풀 사이에서 너무 오래 지체했던 탓인지 매달려 있는 것만으로도 숨이 가빠 왔다. 뒤에서 지희나 마유리가 잘 따라오고 있는지 걱정됐지만, 제 앞가림이 우선이었다.

한참을 올라가고 있었는데 마유리가 밑에서 알아들을 수 없는 말로 나에게 소리쳤다. 무슨 일이 생겼나 싶어 아래를 내려다보니, 어느새 마유리가 점처럼 보일 정도로 멀어져 있었다. 마유리는 내가 자신을 향해 고개를 돌리자 열심히 손을 흔들며 이목을 끌었다. 조금만 천천히 가자는 말인 것도 같았다. 뭐라는 거냐고 묻자, 마유리가 전에 없이 커다란 목소리로 말했다.

"사실 아까부터 느낀 건데, 여긴 제가 있을 자리가 아닌 것 같네요!"

왜 이제 와 그러는 거냐고 물으려 했으나 방해꾼이라고 생각했던 속마음을 들킨 것도 같아 그만두었다. 멀리서 지희와 그녀가 가깝게 말을 주고받는 소리가 들렸다. 무엇에 관한 이야기인지는 알아들을 수 없었다. 이런 상태만 아니었다면 마유리와 번호 정도는 교환할 수 있었을 테지만 일단 한국에 가야 연락도 할 일이었다. 둘 사이에 무슨 말이 오갔는지 대충 짐작이 갔다. 대관절 저런 남자가 뭐가 좋았던 거냐고 물었을 테고, 지희는 네 생각처럼 그렇게 엉망인 사람도 아니라고, 혹은 그러게, 내가 눈에 뭐가 씌었었나 보다고 대답했겠지. 우리는 집으로 돌아간다는 마유리에게 손 인사를 건넨 후 열심히 절벽을 기어올랐다.

벽에 붙어 있는 무수히 많은 끈들이 시야에 걸린 건 절벽 위를 가늠할 수 있을 정도로 올라간 때였다. 그것은 나무뿌리나 풀에서부터 뻗어 나온 거라고 보기에는 무척 얇았으며 틀에 짜인 것처럼 정돈되어 있었다. 무시하고 지나쳐도 괜찮을 만큼 작은 부분이었는데도 눈에 거슬렸다. 호기심에 근처에 있던 끈 하나를 잡아보았다. 익숙한 감촉에 당황해서 예상보다 힘을 주고 당긴 것이 화근이었다. 순간 끈과 함께 책 한 권이 획 빠져나와 머리를 치고 바다 밑으로 떨어졌다. 그 모습을 지켜보던 지희는 깔깔거리며 웃더니 거기에 뭐가 있느냐고 물었다. 잡아당긴 것은 짜임이 보일 정도로 확연한 가름끈이었다. 그것도 어릴 적부터 질리게 보아왔던 것이었다. 좀 더 위쪽으로 올라갔다. 불안감이 머릿속을 파고들었다. 병실에 누워 있는 아버지가 당장에라도 달려와 네가 지금 왜 여기에 있는 거냐고 책망할 것만 같았다. 절벽을 깎아 만든, 끝도 보이지 않는 책장이 눈앞에 펼쳐졌다. 전혀 낯설지 않은 모양새였다. 내 유년 시절의 한 부분을 온전히 소유하고 있는 아버지의 책장이었다.

고개를 돌려 지희를 쳐다봤다. 그녀를 책장에서부터 멀리 떨어뜨려야 할 것 같았다. 하지만 그래야 할 이유가 있나? 고작 책이었다. 그것은 아무런 위험의 요소도 포함하지 않은 단순한 책들의 나열에 불과했다. 나는 불안한 흥분 속에서 책장을 둘러보며 아버지의 흔적들을 눈으로 훑었다. 지희는 낌새가 이상한 것을 알고 눈에 띄게 불안해했다. 나에게는 시선도 두지 않고 먼저 간 마유리의 이름을 부르며 아이처럼 훌쩍였다. 지희가 내 이름이 아니라 마유리의 이름을 부르는 것에 못내 마음이 아팠다. 걱정하지 말라고, 우리는 한국에 갈 수 있을 거라고 했다. 그녀는 내 말을 듣고 있지 않았다. 겨우 고개를 들어 나를 바라보는 얼굴 속에서 비난의 눈빛을 읽을 수 있었다.

"대체 이게 무슨 꼴이냐 말이야."

그녀에게 한없이 미안했다. 그렇지만 아무래도 좀처럼 현실감이 느껴지지 않는 상황이라 무엇부터 사과해야 할지 몰랐다. "너 정말 술 취한 것 같아!" 그녀는 코를 먹으며 나에게 소리쳤다. 그런 모습조차 귀여워 보이니 나는 정말 너밖에 없어, 라고 말하자 그녀는 이거나 먹어라, 하며 가운뎃손가락을 들어 나에게 보여주었다. 아버지가 정말로 돌아가셨을지도 모른다는 생각이 들었다.

절벽에 늘어선 책장에서 책 몇 권을 뽑아 아래로 던졌다. 어떻게든 그 안으로 몸을 접어 넣으면 쉴 수 있는 공간을 만들 수 있을 것 같았다. 떨어진 책들은 바위에 부딪혀 짐승의 시체 조각처럼 넝마가 되거나 바다 깊은 곳으로 흔적도 없이 사라졌다. 우리는 책이 사라진 자리로 들어가 절벽에 핀 꽃이나 풀처럼 고개를 내밀고 매달렸다. 조금만 더 가면 절벽 위로 올라갈 수 있을 것 같았는데 거리는 쉽게 좁혀지지 않았다. 고개를 들어 하늘을 바라보았다. 그렇게 바람이 부는데도 깨끗하고 맑았다. 우리는 가만히 하늘을 바라보다 벼랑 끝에서 무언가가 불쑥 튀어나오는 것을 보았다. 하나둘씩 솟아오르는 형상은 분명 사람의 것이었다. 하지만 그 모습이 무척 생소해서, 우리는 그들이 화살을 겨눌 때까지 가만히 지켜보기만 했다. 먼저 소리를 지른 건 지희였다. 한 무리의 원주민들이 우리를 지켜보고 있었다. 미술관에서 토템을 볼 때만 해도 평생 볼 일이 있을까 했던 사람들이었는데, 실제로 보니 그저 낯선 얼굴을 한 외국인들이었다. 그들은 불어를 구사했다. 책장에 있던 책들 중 몇몇이 불어로 쓰였다는 걸 기억해냈다. 아버지는 때때로 제목도 읽을 수 없는 외국의 원서들을 짜임이 좋다는 이유만으로 사들였다. 그중에는 불어회화입문에 관한 책도 있었다.

"에뜨-부 시누아즈(중국 사람인가요)?"

"농, 즈 쉬 꼬레앙(아니요, 한국 사람이에요)."

지희가 침착하게 웃는 낯으로 대답했다. 이럴 때일수록 첫인상이 중요해. 차분한 그녀와 달리 그들의 화살이 두렵기만 했다. 어떻게든 책장 안으로 들어가기 위해 몸을 구부렸다. 금방이라도 화살이 내 몸을 관통할 것 같아 가만히 앉아 있을 수 없었다. 하지만 그런 모습이 옛 연인 앞에서 부끄럽기도 하고 노력한 것만큼의 효과도 없어 금방 포기하고 말았다. 원주민들은 그녀의 대답을 듣자 더는 말이 없었다. 중국인이 아닌 아시아인들에게 어떻게 해야 할지 감을 잡지 못한 것 같았다. 그쪽에서 물어보지 않자 지희는 나서서 나에 대해 소개했다. 어젯밤에 갑자기 보고 싶다고 한국에서 찾아온 전 애인이에요, 라고 소개하는 듯했다. 그들의 눈빛에서 적개심이 사라지고 호기심이 일었다. 원주민 중 한 명이 말했다. 지희의 말에 따르면 네 문학사적 가치를 말해보라는 것이었다. 그게 무슨 말도 안 되는 소리냐고 더듬거렸더니, 지희는 자신도 잘 모르겠다며 어깨를 으쓱했다. 절벽으로 고개를 내민 원주민들 모두가 나를 바라보았다. 그중 한 명은 제 등에 매달아 놓은 화살을 만지작거렸다. 더는 대답을 지체할 수 없었다.

"한국에 가는 걸로 제 가치를 입증해 보이겠습니다."

그들은 등을 돌려 저들끼리 회의하기 시작했다. 절박한 표정으로 지희를 바라보았다. 지희는 가만히 나를 바라보다 말했다.

"저 사람들이 날 인질로 삼겠대. 네가 한국에 도착할 때까지."

상황의 심각성에 비해 지희의 표정이 너무 차분해서 쉽게 납득할 수 없었다. 나는 그녀의 손을 잡고 같이 도망가자고 말했다. 지희의 표정은 단호했다. 나 홀로 절벽에 매달린 채 한국으로 가는 수밖에 없다는 것이다. 나는 말했다. 같이 가기로 했지 않냐고. 이번에야말로 같이 한국에 가겠다고 하지 않았냐고. 지희는 말했다. 그걸 정말로 믿었냐고. 그렇게 말하며 지희는 희미하게 웃었다.

뭘 잘못했다고 이런 시련을 겪어야 하는가. 잘못한 건 죄다 아버지인데.

절벽의 오른쪽으로 이어진 책장을 따라 이동했다. 지희가 생각나 가는 걸음이 늦춰졌다가도, 어디선가 나를 보고 있을 원주민들의 모습이 떠올라 길을 재촉했다. 아무리 생각해도 이렇게 가다가는 내일이 돼도 도착할 수 없을 것 같았다. 갈수록 팔에 힘이 들어가지 않았다. 아까부터 왼쪽 무릎이 젖어들고 있었다. 오줌인지 피인지도 분간할 수 없는 지경이었지만, 어디선가 지켜보고 있을 지희를 생각하면 깊은 상처가 난 것이 나았다.

아버지는 제목도 알지 못한 자신의 책들로 다른 이들이 언어를 배웠다는 걸 알고 있을까. 알지 못했다 하더라도 그가 원치 않는 소식이라는 건 짐작할 수 있었다. 마음이 다급해졌다. 그의 몸이 식기 전에 도착해야 했다. 나에게 어떤 아버지였던 간에, 그에게로 도달해야 할 이유는 충분했다. 그는 어머니의 남편이었다. 가는 걸음을 재촉했다. 가족보다 책에 집착했던 그가 스스로의 책을 덮는 순간을 이제 와 놓칠 수는 없었다. 게다가 지체했다간 지희가 원주민들의 화살에 죽을지도 모른다. 벌써부터 지희가 보고 싶었다. 아버지는 아이 잃은 그녀를 이음새가 약한 헌책에 비유했다. 그가 가장 아끼는 책들은 언제 보아도 새것처럼 흠 하나 없었다. 책장에 꽂혀 있는 책들을 바닷속으로 한가득 던져버렸다. 어차피 읽을 수도 없는 책들이 아닌가. 두 발을 책장 안에 집어넣고 옆으로 이동하며 책을 밀어뜨렸다. 발이라도 디딜 곳이 생기자 가는 길이 조금은 수월했다. 그렇게 가다 보니 지희도, 나를 바라보던 원주민들도 모두 사라진 것 같았다. 가끔씩 낯익은 책이 발을 두드리는 느낌을 받을 때도 있었으나 모른 척 나아갔다. 지희가 나를 떠난 건 아이를 잃었기 때문이 아니라 내가 비겁한 사람이기 때문이었다.

책장을 따라 시선을 옮기다 보니 어느새 절벽 끝이 보였다. 그 끝에는 내 몸 하나 들어갈 만한 작은 창문이 머리보다 높은 곳에 매달려 있었다. 이제 몇 개의 책장만이 남아 있을 뿐이었다. 죽은, 앞으로 죽어갈 책들이 눈앞에 아른거렸다. 하지만 그것들은 대신 아버지를 가지지 않았던가. 허공에 매달려 있는 창문이 바람에 흔들렸다. 마지막 칸에 다다르자 한 줄 위의 책장으로 손을 뻗었다. 닿지 않는 책장 대신 근처에 있는 책 한 권을 붙잡고 올라섰다.

아버지가 병상에 누운 뒤, 그 옆에서 그의 책들을 읽어나갔다. 한 권씩 끝마칠 때마다 책의 내용과 상관없이 마음이 달떴다. 언제라도 아버지가 일어나 나를 자신의 서재에 가두어버릴 것 같았다. 아무리 많은 책을 읽어도 그런 일은 일어나지 않았다. 가까스로 몸을 지탱해주는 책의 질감이 새삼스레 아버지의 손을 떠올리게 했다. 그가 그런 식으로 나를 버텨준 적이 있던가. 모르겠다. 다만 아버지가 그렇게 된 후, 한번은 깊이 잠든 그의 손을 내 쪽에서 잡아본 일이 있었다. 단순한 호기심이었다. 아버지의 서재에 들어가고 싶었던 어린 시절처럼 말이다. 그때는 생각보다 딱딱한 감촉에 놀라 손을 쉽게 놓았다. 아버지의 손은 생각보다 앙상했고 이전보다 연약해져 있었다. 온기가 있지 않았다면 다른 무엇으로도 상상할 수 있었을 것이다. 오른손을 뻗어 허공에 난 창문을 붙잡았다. 창문은 허공에 단단히 매달려 있었다. 아버지의 손을 놓았다. 창문 안으로 얼굴을 집어넣었다. 바다 냄새가 희미해졌다. 두 손으로 창틀을 잡고 허리를 뒤틀어 골반까지 쑤셔 넣었다. 남은 발까지 창문 안쪽으로 집어넣은 후에야, 간신히 장지에 도착할 수 있었다.

익숙한 얼굴들이 보였다. 애인이 제일 먼저 나를 발견했다. 그녀는 왜 이렇게 늦었냐며 만신창이의 나를 일으켰다. 그녀가 왜 전화를 받지 않았냐고 물었는데, 그것은 몹시 부적절한 말처럼 느껴졌다. 그녀를 보면서도 지희가 떠올랐다. 페르귄트는 결국 자신을 기다리던 연인을 떠난다. 오랜 시간이 흐른 뒤 마을로 돌아온 그는 오제가 죽어가고 있다는 소식을 듣게 된다. 애인은 나를 어머니의 곁으로 이끌었다. 걸음을 옮기는 와중에도 무릎이 꺾여 혼자 힘으로는 서 있을 수조차 없을 것 같았다. 어머니는 땅속으로 들어가는 아버지의 관을 바라보며 조용히 울고 있었다. 그리고 전에 통화했을 때보다도 잠긴 목소리로 말했다.

"네가 보이지 않은 지 오늘이 사흘째다."

나는 어머니에게 다시는 영국에 가지 않겠다고 맹세했다.

아버지의 관이 땅속으로 들어가는 것을 내려다보았다. 그곳에서 바다를 보았다. 거친 파도가 일던 바깥과는 무관하게 물속은 아주 고요했다. 아버지는 부드러운 모랫바닥에 누워 있었다. 그는 눈을 감은 채로 또다시 제 주변을 더듬었다. 밖으로 던진 책들이 그의 손을 스쳤다. 그는 그제야 안심한 표정으로 더듬는 손길을 멈추었다. 하늘에서 책이 떨어졌다. 너무 느리지도, 방향을 잃지도 않은 채 그것들은 모두 심연 속으로 사라졌다. 곧 서재가 텅 비었다. 모든 책이 그와 함께 물의 무덤 속으로 수장된 것이다. 아들의 여정이 조금이라도 위로가 되었기를 바랄 뿐이었다.

●

한남동에는 점집이 많다

한남동에는 점집이 많다
『한남동 이야기』(월간 윤종신, 2019) 수록작

J와 M은 그날 한남동성당 앞에서 만나기로 했다. 약속 시간은 4시였는데, M이 이태원역에서 내렸을 때는 이미 3시 50분이었다. M은 대로변을 따라 걸음을 재촉했다. 다행히 J도 도착 전인지 아직 휴대폰이 잠잠했다. 사실 J는 오늘 약속을 별로 탐탁지 않아 했다. 점집에 가기로 했기 때문이다. M이 처음 그 이야기를 꺼냈을 때, J는 이렇게 말했다.

우리 집은 그런 거 별로 안 믿어.

J의 말에, M은 조금 창피한 기분이 들었다. 궁합이라니. J가, J의 가족이 무속 신앙이나 사주를 믿지 않는다는 건 M도 알고 있었다. J의 가족은 일요일이면 의무적으로 교회에 나갔고, 제사는 물론 명절 차례도 지내지 않는다고 했다. 어쩌면 M이 약속 장소를 성당 앞으로 잡은 것은 J의 퉁명스러운 말투 때문이었을지도 모른다. J의 가족과 달

리 M의 모친은 '그런 걸' 믿는 사람이었다.

벽돌색의 성당은 생각보다 규모가 컸다. 그 옆은 공사 중이었는데, 펜스에 붙어 있는 건물 조감도가 아니면 무엇을 짓는지 모를 정도로 붉은색의 흙만 잔뜩 쌓여 무더기를 이루었다. M의 모친이 예약해놓았다는 점집은 성당 앞의 오래된 주택단지에 있었다. 예약 시간은 5시였다. M의 계획은 J와 조금 일찍 만나 근처 카페에서 차를 마시다 점을 보러 가는 것이었다.

M은 성당 맞은편에 있는 집 담장에 기대 휴대폰을 확인했다. 4시 10분이 넘었다. J로부터 조금 늦는다는 문자가 와 있었다. J의 자취방에서 한남동까지는 한 시간이 넘게 걸렸다. J가 하필이면 한남동이냐고 물었을 때, M은 한남동에 유명한 점집이 많다고 대답했다. M의 대답은 모친의 말을 그대로 옮긴 것이었지만, M은 사실 한남동이 아니라 서울의 다른 어떤 곳이었어도 J가 그렇게 물었을 거라고 생각했다. 경기도에 있는 J의 집에서는 서울 어느 곳이든 한 시간이 넘게 걸렸다. 그래서인지 그들의 데이트는 대부분 J의 집과 M의 집의 중간 지점, 혹은 서로의 동네에서 소소하게 이루어졌다. 그렇게 세 지점을 빙글빙글 돌며 6년을 지내다 보니, 관계에 권태가 찾아온 것은 자연스러운 일이었다.

4시 20분이 넘어가자 M은 J의 휴대폰으로 전화를 걸었다. 몇 번의 건조한 신호음이 넘어갔고 J가 전화를 받았다. M이 말했다.

어디야?

거의 다 왔어.

그러니까 어딘데.

한남동 교회 근처.

M은 한남역에서 한강진 방향으로 올라가는 대로변 근처에 교회가 있다는 걸 기억해냈다. M은 예배라도 드릴 작정이냐며 J에게 빈정댔다.

한남동 교회가 아니라 한남동 성당인 거 알지?

성당이라고?

J가 전혀 엉뚱한 곳에 있다고 하자 M은 조금 화가 났다. J는 늘 그랬다. 지도 한번 보면 쉽게 찾을 수 있는 길도, 그 한 번을 보지 않아 헤매기 일쑤였다. M은 그렇게 길이 엇갈리고 J가 혼자서 낯선 곳을 헤맬 때마다 어찌할 바를 몰랐다. 이제는 J가 자신을 만나는 일에 조금의 노력도 하지 않는 것처럼 느껴졌다.

교회 지나서, 대사관 지나면 성당이 나올 거야.

M의 말에 J는 때에 맞지 않는 장난스러운 말투로 말했다.

그런데 나, 못 갈지도 몰라.

M은 J의 말에 한숨이 나왔지만 놀라지는 않았다. J가 그렇게 사람 김빠지는 장난을 했던 게 한두 번이 아니었고, 그런 말끝에는 항상 나타났기 때문이다. 그러니까 그 말은 '나 좀 늦을 것 같아'의 다른 말이었고, 이제는 먹히지 않는 장난이었다. M은 체념한 듯한 어투로 말했다.

그냥 점집 앞에서 만나자.

통화를 마치고, M은 성당 앞으로 난 골목으로 걸음을 옮겼다. 그 안은 좁고 높다랗고 구불구불한 길이 끊임없이 이어져 있었다. J가 이곳을 잘 찾아올 수 있을까? 어쩌면 정말로 J가 안 오는 것은 아닐까? 통화를 끊고 나자, 그건 충분히 가능한 일처럼 느껴졌다. J는 이곳으로 오는 걸 포기할지도 모른다. 정말 J가 오지 않는다면, 엄마한테는 뭐라고 하지? 초조한 마음이 들자 M의 가슴이 두근거렸다.

*

낡은 세탁소와 카페, 문이 닫힌 떡집과 작은 슈퍼를 지나, M은 점집 앞에 도착했다. M은 목적지에 도착하고서도 그곳이 자신이 찾던 점집인지 확신할 수 없었다. 낡은 다세대주택 2층에 복암사라고 쓰인 붉은색 간판이 전부였다. J는 보이지 않았다. M은 점집의 입구를 찾아 한참을 두리번거렸다. 겨우 찾은 흰색의 낡은 쪽문은 안쪽에서 잠겨 있었다. 이제 시간은 5시를 향해 갔다. M은 그 앞에서 J를 기다리고 싶지 않았다. M은 J가 올 방향으로 조금 더 걸어간 뒤, J에게 문자를 보냈다.

경남 슈퍼를 끼고 왼쪽으로 돌면 다세대주택 2층에 복암사라는 점집이 보일 거야.

J에게서 곧바로 답장이 왔다.

여기 점집이 너무 많아.

어딘데. 주변에 뭐가 있어?

작은 편의점 하나 있다. 그것 말고는 전부 주택이네.

경남슈퍼가 아니고? 거기가 도대체 어디야?

J에게는 답이 없었다. M은 이전보다도 더 초조해했는데, 초조하면 할수록 마음 한구석으로는 J가 포기되기도 했다. M은 자신이 원하는 것이 무엇인지 알지 못했다. 거기에 대해 깊이 생각하기를 주저했기 때문이다. 생각 끝에 어딘가에 도달하고, 어떤 행동을 취할 수밖에 없는 상황이 오는 것은 M이 가장 기피하는 일이기도 했다.

그때 M의 머릿속으로 자신이 지나온 작은 슈퍼가 떠올랐다. 경남슈퍼는 M이 지나온 곳에 있던 슈퍼였다. J가 오는 방향에서는 경남슈퍼가 점집을 지나야만 볼 수 있는 곳일지도 모른다. J가 자신 때문에 헤매고 있을 걸 생각하니

M의 마음이 다급해졌다. M은 서둘러 J에게 전화를 걸었다. 신호음이 가고 J가 전화를 받았다. J는 M이 입을 떼기도 전에 말했다.

못 가겠어.

지금 어딘데? 저기, 내가 길을…….

M이 말을 마치기도 전에 J가 말했다.

내가 못 갈 수도 있다고 했잖아.

……너 나한테 오고 있다고 그랬어. 여태 오고 있는 척한 거야?

가고 있었어. 그 앞까지 갔었어.

그러니까 지금 어딘데?

모르겠어.

M은 J의 답을 기다렸다. 수화기 너머 J가 있는 곳에서 바람 소리가 들렸다. J가 먼 곳을 헤매고 있는 사람처럼 지친 목소리로 말했다.

나도 잘 모르겠어.

짧은 침묵이 오갔다. M은 J에게 알겠다고 했다. 사실 M은 알지 못했는데, 그렇게 말하고 나자 조금은 알 것 같은 기분이 들었다. 눈물은 나지 않았다.

다행이라고 생각했다.

솔베이지의 선택지

이지은(문학평론가)

떠나지 않는 자의 이야기

어느 방랑자의 죽음으로부터 이야기를 시작해보자. 「책무덤」의 '나'는 병상에 누운 아버지를 지켜보는 중이다. 아버지는 평생 책에 집착했는데, 서재는 그만의 폐쇄적인 세계였다. 죽어가는 아버지의 손이 더듬어 찾는 것 또한 가족의 온기가 아니라 한 권의 책. 아버지가 선택한 마지막책은 고향과 애인을 버리고 멀리 여행을 떠났던 방랑자 페르귄트의 이야기다. 익히 알려져 있듯, 환상적인 모험 끝에 고향에 돌아온 페르귄트는 오래전에 버린 애인 솔베이지의 품에서 죽는다. 페르귄트는 장대한 모험담을 남겼지만, 난감하게도 그의 이야기는 우리의 삶과 너무 멀리 떨어져 있는 듯하다. 우리에겐 미지의 모험보다 매일을 살아내는 일이 더욱 고되기 때문이다. 페르귄트의 고난의 서사보다 똑같은 날들을 통과한 솔베이지의 이야기에 더 관심이 가는 것이다. 그러니 아들은 책 속으로 들어가 아버지의 세계를 닫는다. 아버지의 관 위로 그의 책들이 쏟아지고, 방랑자의 모험담은 책무덤에 봉인된다. 아들은 어머니에게 맹세한다. 이제 다시는 모험을 떠나지 않기로.

> "네가 보이지 않은 지 오늘이 사흘째다."
> 나는 어머니에게 다시는 영국에 가지 않겠다고 맹세했다.
> (「책무덤」, 253쪽)

방랑자가 떠난 세계엔 일상만이 남았다. 솔베이지가 견딘 끝없이 반복된 하루하루. 바로 이 하루하루가 나푸름 소설의 세계를 구성하는 기본 입자다. 「아직 살아 있습니다」의 박 대리는 자신의 죽음조차 잊은 채 매일의 과업에 열중이고, 「목요일 사교클럽」의 여자는 "규칙적인 습관만이 자신을 병들거나 추하게 하지 않는다고 믿"(199쪽)고 있다. 「로드킬」의 아내는 "된장국의 간을 보고, 밥을 푸고, 마른반찬을 꺼내는 (……) 수십 년간 반복되어 온"(175쪽) 일과를 수행 중이고 남편은 그 반복을 지속하기 위해 아내에 대한 혐오를 숨기고 있다. 심지어 부유한 워커홀릭은 안정된 일상을 중단하지 못해 여행을 '외주화'하는데, 여행 대행마저도 지정된 루틴에 따라 수행된다(「메켈 정비공의 부탁」). 간혹 모험의 시대를 잊지 못하고 밤마다 거리로 나서는 이가 있대도, 방랑자의 길(route)은 일상(routine)으로 수렴되어 버린다. 우리 시대의 방랑자는 치매를 앓는 초라한 노인으로 비춰질 뿐이다. "치매라나 봐. 부부 둘이 사는데 할아버지가 그렇게 밤만 되면 속옷 바람으로 대로변을 돌아다닌다는 거야."(「중국인 부부」, 108쪽)

우리는 되풀이되는 일상에 불만을 토로하기도 하지만, 실은 그보다 훨씬 더 큰 에너지로 일상을 유지하려 애쓴다. 반복은 미래를 예측할 수 있게 하고, 예측할 수 있다는 믿음은 두려움을 없애준다. 그러나 역설적이게도 일상은 공고하고 안정적일수록 깨어지기 쉽다. 한순간의 예외로도 규칙이 무너질 수 있기 때문이다. 어금니가 흔들리는 사소한 일로 부부 사이에 '틈'이 생기기도 하고(「틈」), 신체 일부를 절단하는 불의의 사고는 남아 있는 건강한 몸조차 병들게 한다(「윌슨과 그의 떠다니는 손」). 일상의 균열은 누구에게든 찾아오기 마련이며, 어떤 예기치 못한 상황에도 삶은 계속된다. 『아직 살아 있습니다』가 전하려는 이야기는 특별한 인간의 모험담이 아니라, 떠나지 않는 자들의 이야기다. 소설은 갑작스레 찾아온 상실이 일상을 어떻게 무너뜨리는지, 혹은 감당할 수 없는 아픔을 마주하였을 때 방어기제가 어떻게 일상을 부여잡는지 인물의 내면을 통해 보여준다. 어쩌면 이들의 모습에서 상처를 묻어둔 채 일상에 매달리고 있는 익숙한 자신의 모습을 발견할지도 모르니 조금은 긴장한 채 책을 펼쳐야 한다.

일상이라는 얇은 베일

우선 일상이 얼마나 허물어지기 쉬운 것인지 확인해본다. 「틈」은 여자의 어금니가 흔들리는 것으로 시작하지만, 결국엔 부부 사이의 신뢰가 흔들리는 것으로 끝난다. 여자의 흔들리는 어금니는 남자로 하여금 그녀의 입속을, 뼈만 남은 치아 사진을 들여다보도록 한다. 매일 보는 아내의 한 번도 본 적 없는 입속은 남자에게 아주 낯선 인상을 남긴다. "그는 사진을 보며 집 근처 편의점에서 일하는 우울한 얼굴의 여자를 떠올렸다. 제 앞의 사진이 그 여자의 치아를 찍은 것이라 한다면 믿을 수 있을 것 같았다. 하지만 아내는 분명 그런 여자와는 다른 종류의 사람이었다."(50쪽) 이때부터 남자는 고가의 교정 치료를 집착적으로 여자에게 권하고, 여자가 망설이자 일상의 다른 대화에도 성의를 잃는다. 여자는 남자의 권유에 못 이겨 치료를 승낙하는데, "순간 그에게 다른 여자가 생긴 것은 아닌지 의심했다."(61쪽) 남자는 여자를 그가 아는 모습으로 돌려놓고자 집착하고, 여자는 남자의 집착에서 낯섦을 느낀다. 이렇게 둘은 악순환의 회로에 갇혀버린다. 남자가 여자에게서 익숙한 모습을 발견하려들수록 여자는 남자에게서 낯선 광기를 느끼기 때문이다. 이 모든 일은 고작 어금니 하나로 시작되었다.

물론 살다 보면 좀 더 절망적인 사고를 당하기도 한다. 「월슨과 그의 떠다니는 손」의 월슨은 사고로 왼손을 잃었다. 그런데 월슨의 진짜 문제는 왼손을 잃은 직후가 아니라, 절망이 극복되었다고 생각하는 순간에 시작되었다. "그가 모든 희망을 버린 채 현실에 수긍하자, 왼손이 기적처럼 월슨을 찾아온 것이다."(80쪽) 월슨은 자신에게 생긴 변화를 아무에게도 털어놓지 못한 채 집에만 틀어박혀 왼손의 감각에 집중한다. 왼손은 어느 여자와 함께 살고 있었는데, 월슨은 왼손을 따라 그녀를 사랑하게 된다. 그는 왼손을 통해 느껴지는 여자의 모습에서 젊은 시절의 아내를 연상하기도 하지만, 눈앞에 없는 여자를 사랑하느라 아내가 자신으로부터 영영 멀어지고 있음을 눈치채지 못한다. 월슨의 어리석음은 일관성이 있어서, 그는 아내를 놓치

듯 눈앞에 없는 왼손을 붙잡느라 왼손을 제외한 몸과 마음 전체를 잃는다. 하지만 윌슨의 비극은 여기서 멈추지 않는다. 그의 왼손은 급기야 여자를 해치고, 왼손을 저지하지 못한 윌슨은 이번엔 '없는' 왼손을 잘라내고자 골몰하게 된다. "그는 자신이 행복의 두 가지 가능성을 모두 잃은 것도 모른 채, 이제 왼손을 어떻게 잘라낼 수 있을지에 대해 고민하기 시작했다."(97쪽)

한편, 「목요일 사교클럽」의 여자는 "오랜 습관"(199쪽)으로 노화라는 거대한 변화에 휩쓸리지 않으려고 한다. '자연의 순리'를 어찌 이기겠냐 싶지만, 그녀의 습관은 꽤 효과적이다. "실제로 여자는 그 나이 또래의 친구들보다 젊어 보였고 큰 병으로 고생을 한 경험도 없었다."(199쪽) 그 덕에 여자는 모임 주최자로부터 '장'이라는 남자를 소개받고, 그와 완벽한 데이트를 즐긴다. 그러나 여자에게도 어김없이 일상이 무너지는 계기가 찾아온다. 남자가 침실에서 너무 일찍 불을 꺼버린 것이다. 여자는 남자의 행동을 자신의 늙은 몸을 회피하려는 것으로 이해했다. 그날 이후 노화에 대한 여자의 불안은 증폭되고, 일상은 어긋나기 시작한다. 여기서 중요한 점은 그녀의 일상이 망가졌다는 게 아니라, 그것이 정말 망가진 것인지 아니면 여자의 과민반응인지 알 수 없다는 것이다. 가령, 여자는 갑작스레 늙은이 취급을 당하는데, 이것이 상대의 조롱인지, 실수인지, 아니면 불안으로 인한 자신의 착각인지 알지 못한다. 사실 이런 식으로 따지고 들면 여자의 혼란이 정말 남자의 행동에서 비롯되었는지도 확신할 수 없다. 그의 행동은 그녀의 불안을 표면화하는 계기가 되었을 뿐, 문제의 원인은 이미 그녀의 내면에 잠재하고 있었던 것인지도 모른다. 여자는 반복되는 루틴을 뱅글뱅글 돌면서 오랜 두려움을 회피해왔기 때문이다.

루틴에 잠식되거나, 루틴으로 도피하거나

이처럼 일상이란 찢어지기 쉬운 얇은 베일일 뿐일지도 모른다. 그러나 감당할 수 없는 상실을 마주한 이에게 일상은 삶이 계속되고 있음을 확인해주는 최소한의 형식이다. 문제는 반복되는 루틴에 집착하다 보면 어느새 삶 전체가 루틴에 잠식되어 버릴 수 있다는 것이다. 「아직 살아 있습니다」는 어딘가에 있는 인간 '본체'가 사무실의 '더미'에 접속하여 업무를 수행한다는 흥미로운 설정의 소설이다. 시스템 점검이 있던 지난 금요일, 조기 퇴근한 박 대리는 그만 죽고 말았다. 그런데 지금 사무실 동료들을 곤란하게 하는 건 박 대리의 죽음이 아니라 그의 죽음에도 불구하고 로그아웃되지 않고 업무를 보고 있는 더미다. 죽은 이와 함께 일하는 상황도 당황스럽지만, 그를 '처리'할 뾰족한 방법이 없다는 게 더 난감하다. 억지로 로그아웃이라도 한다면 그를 '죽인' 것만 같은 가책에 시달리게 될 것이기 때문이다.

「아직 살아 있습니다」의 더미를 값싼 인간 노동력으로 대체하고 업무를 여행으로 바꾸면, 얼추 「메켈 정비공의 부탁」의 세계에 근접한다. 「메켈 정비공의 부탁」의 '기버'는 부유하고 시간이 없는 워커홀릭들을 위해서 여행을 '대행'한다. 기버는 의뢰인이 원하는 경험을 대신 하고, 의뢰인은 기버의 기억을 사는 것이다. 그러면 의뢰인은 안정적인 일상을 누리면서, 그러니까 어떠한 위험도 감수하지 않으면서 에베레스트 등정과 같은 추억을 가질 수 있게 된다. 이 밖에 불법적이고 비윤리적 행위를 양심의 가책 없이 '경험'할 수 있다는 장점도 있다. 소설의 문제 상황은 의뢰인이 기버들에게 같은 여행지에서 같은 코스를 수행하도록 반복적으로 요구한 데서 발생한다. 메켈 정비공이 자꾸만 찾아오는 낯선 이들에게서 '루틴'을 발견한 것이다.

왜 내가 그 사람이라고 생각하는 겁니까?

남자는 그제야 말이 통한다는 듯이 살짝 웃었어. 너는 그 웃음을 보며, 네가 잘못 반응했다는 걸 깨달아.

당신이 그 사람 자리에 있으니까.(「메켈 정비공의 부탁」, 145쪽)

메켈 정비공은 매번 다른 기버를 만났지만, 그들이 모두 동일한 루틴을 수행하고 있음을 깨닫는다. 정비공은 그 '반복'이 아내를 망쳤다고 여기기 때문에 루틴을 매번 다른 사람이 수행했다는 것은 그에게 부차적인 문제다. '그 사람의 자리'에서 '그 사람이 원하는 것'을 수행한다면, 수행하는 이가 곧 '그 사람'이라는 것이다. 정비공의 눈으로 두 소설을 맞세워 독해하면, 소설의 대조적인 결말이 선명하게 드러난다. 먼저, 「아직 살아 있습니다」의 경우 '본체'는 죽고 '더미'만이 업무를 보고 있는 상황인데, 더미는 "일을 할 수 있다고, 지금까지 그래왔던 것처럼 앞으로도 할 수 있다고"(30쪽) 주장한다. 동료들의 난감한 심정이야 이해할 수 있지만, 정말 더미를 박 대리와 다른 존재라 할 수 있을까? 어차피 대면한 적도 없고 업무로만 관계 맺은 사무실 동료들이 무슨 근거로 더미가 박 대리가 아니라고 주장할 수 있을까? 메켈 정비공의 말마따나 박 대리의 자리에서 그의 사무를 수행하고 있는 이가 박 대리가 아니면 누구란 말인가.

박 대리의 더미는 정규직 전환을 고대하는 은정의 모함과 그런 은정의 욕망을 이용하는 '나'의 영악함, 그리고 회사의 보안 우려로 결국 쫓겨난다. 다만 회사는 박 대리의 사정을 고려해 회사의 계정은 계속해서 보장해주기로 했다. 회사의 '선처' 덕에 동료들은 '살인'을 면한 것 같지만, 실은 아무도 박 대리를 죽일 수 없다. 그가 "죽음마저 극복해낸 사람"(22쪽)이라서가 아니라, "자신의 죽음에서 소외된 사람"(27쪽)이기 때문이다. 혹은 일찌감치 박 대리가 회사 일 외에 자신의 삶을 가지지 못한, 말하자면 루틴에 잠식당해 있던 '더미'였는지도 모를 일이다. 어느 쪽이든 회사 동료들은 양심의 가책만은 면하게 되었다. 그러나 그들이 오직 자신들의 루틴, 그리고 그 루틴의 연장을 위해 박 대리를 쫓아낸 만큼, 그들 또한 루틴에 갇혀 사는 더미가 아니라는 보장이 없다.

이번엔 정비공의 시선으로 기버의 삶을 따라가 보자. 의뢰인과 기버를 연결하여 이득을 취해온 중개업체는 교묘한 말로 양쪽 모두에게 윤리적 책임을 면제해주었다. 의뢰인에겐 직접 불법적 행위를 저지르는 게 아니니 문제 될 것이 없다고 하였고, 기버에겐 의뢰인의 요구를 대행하는 것뿐이니 양심의 가책을 느낄 필요가 없다고 했다. 기버는 회사의 말을 믿었고, "삭제하면 될 정도의 감각. 누구에게도 죄책감을 느낄 필요가 없는 감정"(164쪽)으로 같은 여자에게 다른 기버를 보내온 의뢰인을 원망했다. 그러나 정비공의 말처럼 의뢰인의 자리에서 의뢰인이 원하는 행위를 수행했던 이는 다름 아닌 기버 자신이 아니었던가. 정비공은 기버를 혼란에 빠트린다.

> 하지만 너는 그와 동시에 정말로 네가 푸아 씨가 아니라고 할 수 있는지 확신할 수 없어. 정비공의 말처럼 너도 결국 그들 중 하나니까. 거대한 연극 안에서 너는 주인공이었으니까. 네가 배우에 불과했다는 건 이제 누구에게도 위로가 되지 못해. (「메켈 정비공의 부탁」, 166쪽)

소설의 결말에서 기버는 자신이 '거대한 연극' 속에서 의뢰인의 역할을 맡아온 배우였음을 깨닫는다. 기버는 사정이야 어찌 되었든 비윤리적인 행위를 수행하는 그 자리에 자신이 있음을 인정하고, 자기 안의 "죄책감과 수치"(165쪽)를 발견한다. 그런데 이 혼란 속에도 일말의 희망이 비치고 있음을 간과해서는 안 된다. 기버는 배역에 충실한 자기 모습을 확인하면서 지금껏 자신의 삶이 연극이었음을 깨달았다. 이 깨달음에는 연극 바깥의 삶이 있을 수 있음이, 그리하여 연극에서 이탈할 수도 있음이 내포되

어 있다. 물론 이 모든 의미를 알아채기 위해서는 연극이
아닌 진짜 자신의 삶을 들여다보는 일을 시작해야 한다.
다행히 소설의 마지막 문장은 희망적 추측이 틀리지 않을
것임을 암시한다. "너는 곧 10년 전 여름, 그 기억나지 않
는 자신에 대해 떠올리기 시작했어."(167쪽) 요컨대, 「아직
살아 있습니다」의 동료들이 어떤 부끄러움도 없이 '루틴'
에 잠식되는 쪽을 선택하였다면, 「메켈 정비공의 부탁」의
기버는 배역 바깥으로 빠져나가기 위해 잊고 있던 자신의
삶을 기억해내기로 한 것이다.

　상실을 견디는 또 다른 선택지는 반복되는 루틴 그 자체
에 집중함으로써 상실을 망각하는 것이다. 「로드킬」의 남
자는 주방에서 점심 준비를 하는 아내를 바라보고 있다.
그런데 남자의 내면이 심상치 않다. 그는 아내에 대한 혐
오를 멈추지 못한다. 소설은 '요리하는 아내와 그녀를 바
라보고 있는 남편'이라는 현재의 구도를 유지한 채 남자
의 의식을 쫓아가고 있는데, 남자의 머릿속은 '로드킬'이
일어났던 그날을 복기하느라 번잡하다. 그는 계속해서 그
날에 대해서 생각하고 있지만, 의도적으로 사건을 망각하
려 했기 때문에 사건의 실체는 좀처럼 밝혀지지 않는다.
세 번, 네 번의 복기 끝에 소설의 마지막에서야 밝혀지는
진실은 이렇다. 수십 년 전 어느 날 남자는 연락도 없이 점

심시간에 집에 들렀고, 그때 아내의 외도 흔적을 발견했다. 남자는 아내의 연인을 불러내 차로 치고, 평소보다 조금 늦게 퇴근했다. 남자는 긴 시간 동안 기억을 억압하고 왜곡하기 위해 많은 에너지를 쏟았고, 불쑥 치솟는 분노와 짜증을 아내에 대한 적개심으로 전환했다. 그런데 남자의 소름 끼치는 내면을 쫓아가다 보면, 대체 이 남자가 왜 부부관계를 끝내지 않았는지 의문이 생긴다.

> 남자는 아내가 차려주는 밥상을 수십 년간 받아먹었다. 이 나이가 되도록 라면 물 하나 맞출 줄 모른다는 사실은 그의 자랑이었다. 남자는 지금의 상태에서 어느 것 하나 잃고 싶지 않았다. 그러니 앞으로의 세월도 견뎌내야 했다.
> (「로드킬」, 179쪽)

남자는 "어릴 때부터 존경받는 남편이 되는 것을 꿈꾸었다." 그리고 그것이 어느 정도 이루어 졌음을 "매일 끼니를 챙겨주는 아내를 보"면서 실감하고 있다.(173쪽) 또, "그날을 참아냈기 때문에 (……) 아직도 이렇게 밥을 먹고 살 수 있"다고도 생각한다.(181쪽) 그는 아내에 대한 분노에도 불구하고 식탁에 놓인 따뜻한 밥과 국을 보면 "가정을 지켜낸 (……) 뿌듯한 기분"까지 느낀다.(181쪽) 남자에게 '가정'

은 사랑과 신뢰 따위가 아니라, 끼니마다 행해지는 남편과 아내의 역할극인 것이다. 아내가 어떤 마음으로 음식을 차리는지, 그가 아내에게 어떤 마음을 품고 있는지는 중요하지 않다. 끼니마다 따뜻한 밥과 국이 식탁에 차려진다면, 그것은 부부관계가 유지되고 있다는 증거가 된다. 곧 남자에게 '가정'은 '식사'라는 의례와 동의어인 셈이다. 규칙적이고 반복적인 일상이 지켜지기만 한다면, 남자는 안도할 수 있다. 그러니 남자가 후회하는 것은 아내를 사랑하지 못한 것도 아니고, 자기 상처를 직시하지 못한 것도 아니다. 오래전 그날 루틴을 어겼다는 것뿐이다. "남자는 자신이 아무런 연락도 없이 집에 들어간 그날을 후회했다."(191쪽)

그럼에도 길을 잃는다면

오늘날 우리에게 규칙적으로 반복되는 삶이란 지루한 것이 아니라 안정된 것이라 여겨진다. 「중국인 부부」에서 이제 막 타향살이를 시작한 부부에게는 루틴이 없다. 기실 그들이 그곳까지 가게 된 것도 한국에서 루틴을 만들 수 없었기 때문이다. 이들은 한국에서 기대할 수 없었던 안정된 삶을 외국에서는 이룰 수 있을까? 안정된 삶이라는 것은 결국 '규칙적인' 출퇴근이 '오래' 보장되는 직업을 찾는 일일 텐데, 과연 그럴 수 있을까? 루틴을 만들어주는 직장을 찾는 일도 어렵겠지만, 그 루틴에 잠식되지 않는 것도 어려운 일일 테니까 말이다. 물론 '나'의 부부에게 이러한 걱정은 너무 앞서 나간 것인 듯하다. 이들의 미래가 썩 밝아 보이지 않기 때문이다. 이 소설에서 정확히 루틴을 지키는 사람이라고는 딱 한 명이 있는데, 그는 바로 밤마다 속옷 한 장 걸치고 도로로 나서는 우스꽝스러운 노인이다. 노인은 "형편없이 마른 몸과 볼품없는 차림새, 어디에도 정착하지 못하는 눈"(125쪽)으로 밤거리를 방황하는데, 이웃들은 자꾸만 '나'의 부부가 그와 같은 나라 사람이라고 착각한다. '나'의 부부는 노인처럼 어디에도 '정착하지 못할' 동족인 것일까.

나푸름의 소설은 일상 너머에 숨겨진 불안을 감지하고, 그것이 삶의 표면으로 드러나는 순간들을 포착한다. 작가가 포착하는 일상의 의미는 단순하지 않다. 그것은 공고한 것이면서도 무너지기 쉬운 것이고, 무너지기 쉬운 것이면서도 끝까지 붙잡고 싶은 것이다. 삶이 유지되고 있음을 확인시켜 주는 것이자, 심연의 절망을 가리기 위해 위태롭게 반복되는 것이기도 하다. 그러나 외부로부터의 사소한 충격에 의해서든, 아니면 애써 모른 체하고 있던 내면의 상처에 의해서든, 우리는 종종 일상의 틈이 벌어지는 순간을 맞이하게 된다. 그 순간은 혼란과 고통을 수반하기 마련이지만, 그 틈새로 보이는 낯선 풍경은 지금까지의 삶을 의심해볼 수 있는 계기를 마련해준다. 한 번이라도 제 삶을 의심해본 사람이라면「아직 살아 있습니다」의 '더미'가, 「메켈 정비공의 부탁」의 '기버'가 단지 소설적 장치로만 읽히진 않았을 것이다. 혹시 의심을 해보지 않은 사람이라면, 소설 속 인물들의 혼란을 스스로에게 돌려보는 것도 좋겠다. 소설이 안내하는 질문의 끝엔 아마도 낯선 '바깥의 풍경'이 기다리고 있을 것이다. 그것을 무턱대고 쫓아가다가는 길을 잃기 십상이다. 만약 당신이 길을 잃었다면…… 다행한 징조라고 여기면 된다. 루틴의 바깥으로 내딛는 최선의 선택지가 될지도 모를 일이니 말이다.

그러니까 지금 어딘데?
모르겠어.
M은 J의 답을 기다렸다. 수화기 너머 J가 있는 곳에서 바람소리가 들렸다. J가 먼 곳을 헤매고 있는 사람처럼 지친 목소리로 말했다.
나도 잘 모르겠어.

짧은 침묵이 오갔다. M은 J에게 알겠다고 했다. 사실 M은 알지 못했는데, 그렇게 말하고 나자 조금은 알 것 같은 기분이 들었다. 눈물은 나지 않았다.

다행이라고 생각했다. (「한남동에는 점집이 많다」, 262쪽)

작가의 말

여기에 실린 가장 오래된 소설은 2013년에 쓰였다. 그
때 나는 소설 쓰기를 세상에서 제일 재밌는 일로 여겼다.
정말로 즐거워서 끊임없이 다음 이야기를 떠올렸고, 심지
어 꿈에서도 소재거리를 찾았다. 그게 두렵고 알 수 없는
일이 되기 시작한 게 등단을 한 2014년이었으니까, 책으로
치면 가장 재밌는 부분이 도입부에서 끝나버린 셈이다. 그
뒤에도 나는 다시 재밌어지는 순간이 오지 않을까, 하는
기대로 소설을 썼으나 매번 어떻게 써야 할지 몰라 망했다
는 말만 주문처럼 외웠다.

그럼에도 누군가가 그렇게 괴롭기만 했나? 라고 묻는다
면, 결국 아니라고 할 것이다. 소설을 쓰는 나는 언제나 미
숙하고 불안에 떠는 인간이었으나, 그런 내가 한 편의 소
설을 포기하지 않고 완성했다는 건 분명 그 자체로 위안이

281

됐다. 그러다 보니 과정은 종종 날조되어 누군가 물으면 결국 재밌게 썼다고, 신나게 말해버리는 것이다! 그건 명백하게 거짓이었으나, 다른 한편으로 진실이었다.

오랫동안 내가 쓰는 이야기와 내 삶이 분리될 수 있으리라 여겼다. 이야기는 허구였고 그곳에 나는 없었으니까. 다시 그 시절의 소설을 읽으며 그게 말도 안 되는 생각이었다는 걸 알았다. 거기에는 과거의 내가 느꼈던 감정과 생각이 곳곳에 들어 있어, 나는 때때로 부끄러워하고 창피해하다가 결국 인정해버리고 말았다. 나는 어떤 소설의 인물을 몹시도 싫어했는데, 그건 그 사람이 지나치게 비겁했기 때문이 아니라 내가 그 소설을 쓰기 전부터 가지고 있던 열패감과 무력감이 전적으로 그 인물의 특성이었기 때문이다.

그러니까 내가 쓴 소설에는 일정 부분의 내가 이스터 에그처럼 숨어 있었다. 만든 사람도 눈치채지 못한 그것들은 시간이 지날수록 잊히기보다 상처처럼 남았다. 그때의 소설을 다시 읽으며, 과거의 사진을 똑바로 바라보는 것만큼 부끄럽고 민망한 동시에 애틋한 감정을 느꼈다. 어떤 감정들은 이미 지나간 일이 되었으나 몇몇 감정들은 지금까지도 남아 있었으므로. 그리고 나는 아마 남아 있는 몇몇에 대해서 앞으로도 극복하지 못할 것이다. 그건 포기라기보다 인정에 가까운데, 사실 나는 그 완전하지 않은 한마디를 찾기 위해 꽤 긴 시간을 시달려야 했다.

  책을 엮기 위해 글을 다듬으며 나는 몇 번이고 후회를 경험해야 했지만, 마지막까지 남은 감정은 내 이야기가 드디어 독자와 만난다는 기쁨이었다. 그 마음은 책을 마무리하는 지금도 마찬가지다. 소설을 쓰는 내가 소설을 읽는 당신과 이 책을 통해 잠시 만났다는 것에 기쁘다. 그게 엄청난 운이며 우연이기 때문이 아니라, 지금까지 소설을 포기하지 않았던 시간에 대한 보답 같기에 기쁘다. 포기하지 않아 닿을 수 있는 것들이 있음을, 나는 소설을 통해 알았다.

2021년 4월
나푸름

아직 살아 있습니다

초판 1쇄 인쇄 2021년 5월 10일
초판 1쇄 발행 2021년 5월 20일

지은이 나푸름
펴낸이 김선식

경영총괄 김은영
책임편집 정다움 **디자인** 박수연 **크로스교정** 조세현 **책임마케터** 박태준
콘텐츠사업6팀장 이호빈 **콘텐츠사업6팀** 임경섭, 박수연, 한나래, 정다움
마케팅본부장 이주화 **마케팅3팀** 이미진, 박태준, 유영은
미디어홍보본부장 정명찬 **홍보팀** 안지혜, 김재선, 이소영, 김은지, 박재연
뉴미디어팀 김선욱, 허지호, 염아라, 김혜원, 이수인, 임유나, 배한진, 석찬미
저작권팀 한승빈, 김재원
경영관리본부 허대우, 하미선, 박상민, 권송이, 김민아, 윤이경, 이소희, 이우철, 김재경, 최완규, 이지우, 김혜진

펴낸곳 다산북스 **출판등록** 2005년 12월 23일 제313-2005-00277호
주소 경기도 파주시 회동길 490
전화 02-702-1724 **팩스** 02-703-2219
이메일 dasanbooks@dasanbooks.com
홈페이지 www.dasanbooks.com
블로그 blog.naver.com/dasan_books
종이 IPP **출력·인쇄** 한영문화사 **후가공** 평창피앤지 **제본** 대원바인더리

ISBN 979-11-306-3716-7 (03810)